朱天文作品集　4

小說集 1988–1990

世紀末的華麗

目次

一種老去的聲音
——讀朱天文的《世紀末的華麗》

詹宏志

1．混哥青春不再——

可怪的，這一次，朱天文寫出了「年紀」。

本來，「成長」一直也就是朱天文作品中反覆吟唱的主題。但在她過去的作品中，成長的意義更經常是罪愆的救贖、是化蝶的變身、是向一切無奈無聊無知告別的啓蒙。就像〈小畢的故事〉裡吧，那位無心又無知致令母親自殺身亡的小畢，多年後以一身中尉軍官制服再現於同學會中，「他的瘦，如今是俊挺；黑，是健朗」，傷心往事風散而去，時間與成長熨撫坎坷。是呀，成長就是藥方，成長就是希望，讓我們讓我們都快快長大。

但那是年輕人寫的年輕故事吧？走過山頭就要下坡，成長就是衰退，英雄就是老賊。如今，朱天文筆下的「成長」，如何竟都變換一副蒼涼沙啞的聲調；這一系列的小說，如何竟都包括一位滄桑於心的人，獨自在那裡，傾聽自己體內卡茲卡茲鈣化老去的聲音。

是的，我相信朱天文這一次寫的是各種各色青春逝去的故事。青春不再的固然可以是一位貨眞價實的老人，像〈柴師父〉裡年已七十的柴明儀；但更可能是一批批以「浪擲青春」爲務的混哥混妹們，他們有的正處於四十歲的中年危機（〈翔哥，〈紅玫瑰呼叫你〉），有的剛剛「三十啷噹歲」（〈小佟，〈肉身菩薩〉），有的已經號稱「最老，二十五歲」（米亞，〈世紀末的華麗〉），有的則是現實的二十歲和幻想的三千歲（林曉陽，〈尼羅河女兒〉）。

他們從二十歲到七十歲，共同都感覺到「青春」逝去。——然而，在這裡，「青春」是什麼東西呢？

青春是還未發生卻可能發生的事，是過去的世界小而未來的世界大。在朱天文早期的作品裡，青春是角色的救贖之道，只要通向那未來無限可能性的世界，舊有的錯誤、罪過、苦痛都有機會換穿另一件俊挺的新衣，以新面目迎向新世界。

如果，如果一切該發生的都已發生，未來的世界是可預見的窄小，剩下的是重複、消沉、枯萎，「長大」只是老去，不再有改進的意思。更令人畏懼的是，世界並不與我們共同老去，它會繼續翻新，會有更多擁有大量青春可揮灑的新人冒出來，棄我們於角落獨自老去。這就是朱天文的青春消逝寓言，是這樣的意思吧？

混哥混妹們也許最容易感覺到滄桑、在「這個圈子裡，三十已經很老，很老了」（〈肉身菩薩〉），因爲他們曾經如此用力地抛擲青春，把未來的可能性耗盡了，等在前面的不是什麼光明多彩前景，而是侷於屬於更年輕的人的世界裡「不斷猜測，疑忌，自慚，漸漸枯萎而死」（〈紅玫瑰呼叫你〉）。——因而我們知道，「混」是多麼奢侈豪爽的舉動呀！流星穿過氣層一般，火柴劃過磷紙一般，瞬間的璀璨和永遠的黯淡。

2．我歌頌過肉體

朱天文的轉變，也許在《炎夏之都》中的同名小說已見端倪。那位年輕時一發飆可以從台北騎機車直下高雄的呂聰智，在家庭瑣事與營商生涯的重複消耗中，「想起了多年以前所愛的人的那句話，有身體好好，有身體好好……」歌頌昔日青春的身體，對照如今的槁木死灰，其中已有老去的心境。

從〈炎夏之都〉開始，朱天文變本加厲，一頭栽進對衰老的描寫。在《世紀末的華麗》的各篇小說裡，朱天文以華麗熟豔的技法筆調寫人生腐壞前的一瞬，充滿著對人生苦短的感嘆，對蜉蝣眾生的同情，以及對一切青春的傷逝。

青春逝去的表徵始於肉體，朱天文延續了〈炎夏之都〉對肉體今昔的描寫。在〈柴師父〉裡，當老師父手指摸到年紀可做孫女的女孩涼軟的胸乳時，「肚底抽起一絲凌厲顫動」，一下子察覺「四十年過去了」；在〈紅玫瑰呼叫你〉裡，年輕時的翔哥和哥兒們帶著馬子同間屋裡一起軋，軋完換過馬子立刻又軋，然而如今的翔哥碰見生猛的雙十年華康乃馨，不得不裝醉臥倒避開年輕女子的糾纏；在〈肉身菩薩〉裡，十七年前被獵的幼齒小佟，如今是夜晚普渡眾生的肉身菩薩，身體已是「一具被慾海情淵醃漬透了的木乃伊」……

可能最激烈的肉體描寫應是來自〈世紀末的華麗〉。事實上這一篇時間訂在一九九二年的小說，並沒有一個字正面提及身體；小說花費大量篇幅細細描述各種服裝時尚與身上飾物，相對地逐步揭露一個行屍走肉的身體。那位二十歲決心不再「玩」如今年已二十五的模特兒米亞，她沈迷於各種香氣和色彩的技藝是因為她感到「年老色衰」；她不再鬼混因而「定於」一位四十二歲的有婦之夫。——好一座遍灑香水妝點鮮花的所多瑪！

3. 你只能活兩次

是的，你、我們，都只能活兩次。一次青春璀璨，不知衰老可能降臨自己的身上；一次守著逐日乾涸的身體，看著逐日陌生的新世界，回想那些曾經發生的事以及未能發生的事。

是的，我們都只能活兩次。一次從無知而終於有知，一次從自以為有知而終不得不承認無知。在從前，朱天文的作品寫前半段，那些年輕的生命終於「告別無知」的故事；如今她寫後半段，說的是「年紀是無知的起點」的故事。

你會逐漸對世界一無所知，儘管你是人們崇拜求治的老師父，你對孫兒們看牛肉秀錄影帶的世界是一無所知（〈柴師父〉）；儘管你是不斷追逐KTV、香腸族、及一切新事物的大混哥，你對家中學日文的黃臉婆、逐漸長大的孩子們的內心世界是一無所知（〈紅玫瑰呼叫你〉）；儘管你是熟知米蘭、巴黎、東京一切風情消息的高品味新貴族，出了城市的霓虹牆就是你從不曾有消息的荒涼異國（〈世紀末的華麗〉）……

你只能活兩次，但是有時候會有一些來自另一個生命的消息。柴師父讓清新女體喚起了四十年前自己的承諾；不再有創作的作家被一個撐傘兀來的年輕人攪翻了一桶酸澀的記憶（〈恍如昨日〉）；小佟在一個下午的茶藝館裡竟然悟道般地重回十七年前的清純……

你只能活兩次，一次是可能性不斷增加，一次是可能性逐次減少。我們甚至以爲用力追逐可能性，就能保住青春，就能掌握世界。像翔哥每星期五到狄斯可舞廳尋找各種可能上床的儷史；像米亞直接踩著與歐洲時尚完全同步的風訊；像不寫作的作家奮力蒐羅資訊擦亮敏感度；然而這些力量終要衰竭，夸父追日，世界仍然隆隆向前滾去，新人類與新事物仍然泉湧而出，我們終究注定要孤獨衰老，靠記憶存活。

4．天地不仁的酷

萬物有生有滅，萬物之靈不能例外，這簡直公平得天地不仁，可駭的是朱天文也寫得若無其事，酷得。

一逕描寫熱鬧的、炫目的、芳香的事物，卻透露了腐爛前、衰敗前的有機分解，這位技藝圓熟、見解融達的朱天文是來到她寫作生涯的高處了。葛林（Graham Green）曾經稱道沙奇（Saki）的作品是「奪目、悅心」（They dazzle and delight），這句話完全可以搬來形容這一系列的小說。

不同於昔日見了英挺制服就想衝動下嫁的少女作家，朱天文在《炎夏之都》已經寫出一種不可輕狎的嚴峻，如今更寫出了蒼涼、練達的面貌。

也許〈柴師父〉、〈世紀末的華麗〉兩篇是我心目中集子裡最好的作品，前者寫出了一種對青春的眷戀〈等待一個不再來的少女，如同青春不可復活〉，後者寫出了一個腐爛欲滴卻仍然熱眞求活的末代紅塵女人（對品牌、質材搭配的細膩描寫，竟然呈現一個科幻般的符碼世界）。

這兩篇作品對俗世風塵都還有戀戀不去之情，就不像其他作品冷靜精確所帶來的寒酷，也就容易打動像我這種溫情主義傾向的心。在集子裡眾多有成長無啟蒙的故事裡，一絲不肯悟道、纏綿人間的固執已經是「希望」的替代品了。

可是，何以這回朱天文寫得這般蒼老？朱天文是四十五年次的人，我們四字頭的方興未艾，好多壞事都還沒做呢，曷可言老？也許是五字頭新人類今次來得生猛，連「六字頭都出來混嘍」，一下子把一群四字頭的擠得和三字頭的相濡以沫，平添許多蒼涼感來。

這個四、五之別，在我的耳聞目睹中，是極精微而又存在著的；也許世界翻新得快，過氣得也快，這件在歷史上毫無重要性的事實，卻曾經是某一世代的心境。——這倒好，把一位可戀慕的美女作家提早逼成可能受供祀的成熟作家，不能說不是眾多歷史詭跡之一了。——這些話原與小說無關，只是我與朱天文同年，物傷其類，不免讀作品別有所感，不小心發出黃金事物難久留的嘆息罷了。

一九九〇年

世紀末的華麗

柴師父

很久很久以前，當時只有三十來歲的柴明儀曾經想過，年老的時候定居在四季如春的昆明是不錯的。如果他不是等待那個年齡可以做他孫子的女孩，像料峭春寒裡等待一樹顫抖泣開的杏花，他不會知道已經四十年過去。是的，四十年過去了，他枯細然而柔勁修白極其敏銳的手指觸摸到女孩涼軟的胸乳時，肚底抽起一絲凌厲顫動。

女孩可能不來了罷，她住在必須橫越過台北盆地沙漠的彼端，芝山岩雨農路，換兩趟聯營公車，兩趟都是迴腸九轉蹣跚綿長的車程。每天過午以後洗街車像一隻恐龍從門前沙沙經過，前座腹底噴出半天高的飛瀑，滋滋澆熄蒸煙騰砂。盆地大沙漠，可不是，一刻就雨過無痕，施工中的陸橋虎虎生灰，立時掩天鋪地又起了沙子。到處都在動工程，似乎柴明儀搬到哪裡，哪裡就開始蓋房子，挖馬路，築地下道，埋水管，架天橋。超過他半生還多一點的年月日在這塊沙漠裡竟度過了，是的，等待女孩像等待一塊綠洲。

柴師父，電話中女孩跟他約訂時間總喊他柴師父，敲門進來每每抱歉說師父在睡午覺啊。清泉流淌的聲音呢，深深涓涓從他悍然乾閉的記憶之田、感覺之田流出。年久以來的視而不見，聽而未聞，他才忽然發現他每日黃昏用白色塑膠扁壺裝水到陽臺上澆花草，那盆一年爛開到頭的海棠，紅是紅得這樣蠻，永遠不休息的紅，叫人吃一驚。啊，吃驚都是一件多麼好的事情。

柴明儀服膺兒子們的孝心打盆地東北搬來西南後，來他這裡求治病的人眼看像地瓜藤牽拉蔓延多去。坤卦曰、東北喪朋，西南得朋，同類而行，終獲喜慶。他不得不佩服古人的智慧，他們早在三千年前已預言了他今天的光景。每週有一個星期六下午他到遙遠的三重市，有一個星期二的晚上到啤酒屋叢生的安和路，罩件米白功夫衫，記得的話提一根桃木杖用來斥嚇惡犬。星期一庭院深深連續劇過後，景興小學的章老師來，四十腰五十肩，章老師肩膀硬得像兩塊烏心木，給他運勁一捏痛得齜歪慘叫，淚落披紛。星期四中午小陳來，年紀還輕有一個啤酒肚子，那塊肝已報廢像塊銹鐵。五十分鐘治療過程，小陳躺上大甲蓆木床即刻呼呼打起鼾，醒來仍趕回台塑上班，在堂前塑膠玻璃奉獻箱投進一個紅包。奉獻箱湧出油厚的甜香，現在的紅包紙都摻香料，熱烈撲上他臉非常刺激。

是的，這是一個荒蠻刺激的地方。柴明儀的各路朋友許多都回去又回來了，老彭一人決定留下跟侄子家們住在老家。兒子已替他向旅行社要了一張紅十字會申請單登記探親，香港的信徒們盼他過海去授法。台北居大不易，但他現下在高傳眞電視機前看豬哥亮餐廳秀也聽得懂會呵呵笑了。兒子來樓上拷帶子，昨天午夜場才上的限制級院線片，今天就拿到盜錄帶轉錄。螢光幕上兩條裸蟲演出妖精打架，阿婉跟阿麗各據茶几一角做算術，寫ㄅㄆㄇㄈ，他很不悅地叫兒子消掉畫面，阿麗望他一眼好像古代稀有動物遺骸出土，仍低下頭繼續寫作業。孫兒們看了太多土曜劇場，好說日本人還准露兩點，國產品小場面。

兒子倆比他們本省籍的娘更像本省人，都娶了本省籍的媳婦，連孫女兒一夥常常把他忘記，講著他們親愛的語言。當年柴明儀從鑠金烈陽照耀下的高雄港登陸，瘴熱塵煙裡一把遮去半邊天空的野花紅樹，後來他知道那是鳳凰木，給他一個震撼極的下馬威。植物都霸氣怒生，連扶桑圍籬做成了人家也是不馴，碗公大的花冶紅的，桃色雜血絲的，亮黃的，七戳八叉撻邋伸出，橫目相視。即使到了今天他去安和路替鍾小姐家人看治，啤酒屋霓虹招牌投影下的熱帶莽林中，奇花妍草異色，形如他第一次看到孔碩無比的香蕉，和頭顱似的滾滿了猙獰狼牙釘的鳳梨，樣樣欺他生，擺出誇張的臉色。

等待女孩像等待知悅的鄉音。兒子們孝順，用三夾板權且隔開客廳，前半給他設佛堂，一長列玻璃鐵櫃的經卷，又佔用了部份本已十分狹小的客廳，他耿耿在心。佛堂兩盞長明燈像大湖草莓發著亮，高掛兩聯師尊傳世的眞言，師尊畫像居中，酷似舊俄大文豪杜斯妥也夫斯基。

柴明儀搬來這裡兩個月時，兒子把隔壁一棟兩層買下修建，招牌重新換過，用噴漆寫的字母MTV有如霹靂舞者癲狂起舞。裝潢好他去看過，簡陋的水泥樓梯改裝成隧道，入口處借日光看出鋪了令人色盲的水紅色布氈。走上樓梯暗不見登程，爬了幾階才摸索站起，兩壁原來釘有一溜螢光漆塗鴉的金屬鏡，曖昧吐光。坑道橙橙紫紫，凹折凸伸通往一間間窟窿，僅夠置放矮几，雙人沙發，和一架二十六吋螢光幕。

生意做大了，許多阿兵哥常常來。附近有一所軍營依傍山坡而築，營區背後漸已低於路平面丈許深，面對五支公車線經過的通衢大道。經常見士兵赤膊端鋁盆出來盥沐洗衣，軍綠汗衫紛雜晾在曠地繩上，從氣窗可見睡上鋪的兵們貓起身子活動，隆冬運氣好還能看到長池枱邊在殺狗。兵們咧嘴笑著，仰望女人走過高崖伸展臺，一覽無遺，最近似乎才終於撥出一筆經費，蓋了這堵殺風景的灰牆遮蔽。遠方山稜被剃了頭，袒現黃土高原，高地一〇七豎起巍峨的環桶大樓，站牌改叫什麼訓練中心，倒更像一座核武太空城。

附近專科學校學生也愛來，電影票差不多的錢饒一杯果汁可樂，熱門帶子還得排隊等房間。他看報紙才知道除了MTV還做別的事情，新規定房間門不許下鎖，門上必須鑿一窗孔，尺寸以可看見沙發為準。律法的歸律法，營生的歸營生。客廳狹窄，墨鋼角架隔成八層到空中，一層一台錄影機，頂層安置祖先牌位。日日他站在凳子上面捻香，勤拂拭，媳婦也會爬上椅子換新鮮水果。半夜他總要醒來兩次，穿越客廳對角線去廁所，一家人在看牛肉秀，他喝斥孫子們，明天要上學這麼晚還不睡！阿婉說早就放暑假啦。冷氣機隆隆在抽轉著，他的斗室從來連電扇也不需要，正在前進的世界將他遠遠拋在後面。

等待女孩像等待青春復活。祖先們高居屋中一角，神人同在，凱撒的不歸凱撒，上帝的不歸上帝。他位登仙籍，心在清涼淨土，何如穿在女孩腳上雪白的愛迪達休閒鞋令他心湖騷動起來。他看著女孩打開鉛筆盒，多麼巧緻可口的鉛筆盒啊，寶藍馬賽克塗著糖霜的透明澀感，七個彩虹小人兒錯落穿戴七種顏色歡樂的奔躍。女孩拿出筆在他桌上的冊簿登記了名字，一筆一劃不苟且像阿麗剛學寫字，針筆出來童兒體的美工字，橫橫豎豎宛如一疊火柴棒。

女孩舊曆年間隨父母去北海道看雪認識楊太太的。楊太太是他行過儀式所收的徒弟，法喜以爲女，六十幾歲女人看來不到五十。偶爾他去楊太太家吃飯，漆白的家具勾勒著淡金花邊，幽涼飄浮楊太太走動時的脂粉香，楊太太女兒小貞跟法國女老師在蛋白色貝殼燈下唸法文。小貞的新客戶法國人，從前靠一架電話做亞麻進口，跑兩條街借朋友公司的電傳機傳眞，後來楊太太資助買一台傳眞機跟佛堂擺在一個房間兼做了辦公室，就更不願意跑出門了。小貞皙白的皮膚對一切中央空調系統，和盆地空氣裡過多的含塵量敏感。

楊太太在觀光雪國途中，善心爲前仆後繼傷風倒下的旅友們排驅髒氣，灌注能源，名聲傳播開來，回國後求治的電話應接不暇。那天他心血來潮去楊太太家吃飯，遇見女孩陪姊姊帶著咳嗽不止的侄兒來看楊太太。有緣，有緣，楊太太喜得直嚷，師父親自出馬。

楊太太給每人沖了一杯阿華田。女孩姊姊說，現在的小孩子難帶極了，動不動就感冒氣喘，西藥愈用愈重嚇死人，換了中醫有的好了，有的也沒用，家長們互相交流任何新得來的祕方，改變床櫃的位置，吊風鈴，安鏡子，門楣懸紅絲繩，一半相信一半猜疑的。

小男孩拆合著精密支解的塑膠聖戰士，哄了放下玩具很乖坐板凳上接受療治。叫女孩小阿姨，說像在盪鞦韆呢，很多煙從身上跑出去。

女孩驚奇的告訴姐姐，卻不見煙，許多東西大人眼睛是看不見的。那是寒氣，楊太太含笑說。

女孩每天早晨醒來打噴嚏，白鯨噴泉，房屋搖撼，對溫差和灰塵敏感，或突如其來不知敏感源的一場掏肝扒肺的噴嚏。七百度近視配戴隱形眼鏡，居然瞞過了他，內雙眼皮抹一點點吊梢，看人的時候很直截坦白。女孩卻說她的噴嚏是眼睛對骯髒空氣敏感，未來台北市的空氣只會更壞，不會變好，所以這種空氣污染併發症是無藥可救的。

但女孩仍是來了他這裡，地方實在太小了。兒子上來轉拷帶子，螢光幕上慘澹澹荒窟野地，一群人披毛戴角爭霸戰，二十一世紀的太空星際並不比山頂洞人時代進步，畫面一跳閃出暴力色情，眞是非常對不起人家。爲客人把門窗關上打開冷氣，不會兒祖先臺上剛點的香已迷成大霧，女孩連連打起噴嚏來，便又關掉冷氣，還是古老的大同電扇好。他總不明白，以前一人住的那裡多大，佛堂清敞，也比這裡靠近市區一些，可就是門庭稀落，獨善其身。何如此地，神魔同昌共榮，人人任意而行。

夢中他聞見泡麵的熱香，醒來炎陽滾灰曬著他，不息止的車陣尖聲駛過捲起轟轟落塵。陽臺圍罩鐵柵欄安放多種盆栽，三、五天要幫植物洗一次澡恢復本來面目。經常他在長沙發盹一晌，夏天鋪上木珠子編成的涼墊，合成皮沙發汗悶悶淌出化學元素酸味。醒坐片刻，立秋了，怪不得還未睡飽太陽已潑曬進來，影子跨過鋁門檻斜斜倚向佛堂前。孫兒倆在吃生力麵，看日本少年隊歌舞，怕吵他電視沒開聲音，這樣也能看。漫漫暑假，一家子完全顚倒著晝夜過，自己竟也中飯沒吃睡醒了一覺，心生無限悲涼。

他坐在光鮮的店裡泡茶喝。看見架上凸出不整齊的錄影帶便走過去撫平，發現到上集在那頭下集在這頭，也會把它們團圓做一處。兒子讓他在店中間牆頂釘一幅大大的佛字，複印半世紀前師尊墨寶，師尊平生不立文字，這是唯一。挨佛字懸一橫幅隸書，會寫字的善男錄一段經言奉贈給他，裱工極爲得意。東邊牆頂掛蔣經國像，西邊李登輝，多年來他一直是忠誠黨員，起死回生挽救過一位大老的糖尿病是他莫大功德。昨天幫一名痼瘡婦人趕病，驅出來見一隻拳頭大的孽畜，鬧了許多年，他並不打殺，好言將它化解了放生離去。女孩來時在播放豬哥亮訪問費玉清，三兩顧客守電視機前傻笑，來修理樓牆滲水的水電工，看得一時半會也走不開了。他對女孩說費玉清頂會學人唱歌，學劉文正最像，滿好。

女孩做飾物設計，告訴他頂好市場那邊有一家店給她一個專櫃賣她的作品，很開心。女孩犯蕁麻疹，笑嘻嘻說這是富貴命，銀首飾都不能戴，馬上發紅腫癢，只有純金不怕。那是第六趟療治完上洗手間出來，臉上突然暈起斑駁紅印很快湮開，紅得辣醉，浸入眼底也紅了，才知是蕁麻疹。洗臉的時候常常忘記，下手稍重就報應不爽變成這副嚇人的樣子，歷史太久遠了，成爲身體一部份，認命自然。柴明儀起了戰心，意欲跟陳年老疾鬥法。

男人精華在丹田，女人在乳。他看過一位女會計，做學生的惡補時代揹書包把肩膀壓壞，每週單日晚上來醫，看了三個月總也不好，令他十分沮喪，忽一刻臨機觸動請讓醫乳，癟癟像餃子皮，看了幾次漸漸發起來，元氣充滿，歪斜的兩肩也平了。他心裡琢磨，研究發展，犯頭暈的鄧太太一日忙不迭的告訴他，洗澡時發現妊娠紋全不見啦，老師不但醫病還美容呢。熱烈請求皈依習法，一海票閨中密友巴巴隨鄧太太來看，鬧著要入教。一陣興頭旋風颼颼便散，倒是鄧太太有事沒事就來看，屢屢提起拜師學醫的話頗叫他煩惱。年老了，時常想到延續衣缽，這趟去香港也許有人。兩年前徒弟冒冒失失給不認識人拉去治病，想必重病家屬四處亂投醫吃了壞東西，卻說是徒弟給的一帖符藥下去就死了，爛纏官司至今未了。

等待女孩像等待有緣師徒。第七趟看完他說給女孩一些神水，回家可加開水喝，到廚房找一隻空的可口可樂瓶子，水龍頭底下涮涮沖洗時，女孩客氣走來接過去做。爐上一壺水倒進鋼杯裡，至佛堂前往水裡劃了符咒回來灌入瓶中，女孩亦接了去做。水太燙，寶特瓶燙彎了腰癟進一塊歪歪靠著牆站，騰出裝臘腸的塑膠提袋，套起來了才走。

第八趟他請女孩解開背後的胸扣，女孩沒有穿因爲蕁麻疹對扣鉤也敏感。飛寬的礦黑棉罩衫，一邊永遠掉落肩頭，裸露皙清鎖骨，和裡面一件祖母綠無袖襯恤的兩條肩帶。他手伸進衣裡摸觸到女孩涼軟的胸乳，猛然想起三十七年春天剛剛開始他往北來到多雨的基隆市，乍見高地上伸出石牆盛開的一樹白花在煤煙冷雨裡繽紛自落。八重櫻，後來他才知那是從前日本人開的藝伎館，光復後改成市府招待所。

第九趟他且幫女孩看眼睛，立志要減輕女孩的七百度近視。女孩小學六年級檢查出近視兩百五十度和一點點散光，隔兩星期去那玉眼科驗光，回來再吃藥打針，如此一年。鋼琴彈到給愛麗絲，最流利悅耳的，彈來彈去這一條怎麼也不肯再彈上去了。他端詳女孩臉，白了，發光呢，在女孩額頭上親一下。

水霧裡都是煤煙的港城，春天日式房屋旁開出淺紅山櫻，漉漉不會飄揚，落在煤苔滑黑的石上地上，怵目驚心。他從島上南部來到這裡找一個叫張榮升的人，幾年前他們在上海認識，張榮升連考了四次話劇團沒上，他才去第一次倒考上，張榮升去了基隆開雜貨店。話劇團解散他來投靠表叔，沒找到，島上只知道一人叫張榮升。一家一家雜貨鋪去問，等船回去了罷，卻在現在高架橋從空中跨過去的巨樑底下那條街，找到張榮升的店鋪，兩人抱在一起。他搬來閣樓分一塊地鋪睡，白天去碼頭蹲站。店是跟別人合夥的，張榮升不會嫌棄，別人可跟他非親非故，黃蒼蒼亮著艙燈的深圳輪和四川輪總是晚上十點到岸。慢慢他看出苗頭，搬運行李的工人地盤他不敢搶，撿那些價錢沒談成的倉皇船客，漏網之魚攬到旁邊，熱絡把行李扛上肩搬到火車站前面，隨您給，三萬四萬七萬的都有。行李工人都戴一頂紅簷鴨舌帽，他弄一頂灰灰的戴得很低遮著臉，遇見熟人怕不好意思。旅人勞頓，陌生的國土，忽聽見他帶著鄉音的國語像是遇見救命恩人，這樣他也可以賺錢買點什麼的割兩斤豬肉帶回店裡了。知道他會寫字，有人找去飯館記賬，結識了許多人頭。管櫃枱的是老闆小老婆，擋財路視他爲眼中釘，於是朋友拉他合夥開食堂就去了，叫一分利包子鋪。開在海港大樓對面一排木造房子其中之一，屋背後運煤火車川流不息。

女孩跟他說謝謝師父，師父再見，登登登跑下樓梯。蝙飛黑衫罩到膝蓋，棉白窄褲管貼貼裹到小腿肚，空腳穿一雙僧黑球鞋，掉落的肩頭露出米袋白T恤，他吃驚想著褻衣原來是可以穿到外面來的。女孩肩掛一個足以把她自己給裝進袋裡的超大布袋子，其實裡面只有一些碎紙張，錢包，寶藍鉛筆盒罷。半程搭聯營公車，半程換計程車，穿越盆地大沙漠實在遼遠，就這樣走掉了很久很久沒有再來過。

山巒似潑墨，巒頂坐落要塞司令部，終年虛無縹緲。山上下來的軍官發給他一張線民證，派他就近監視一家咖啡館，有本小簿子記錄常去喝咖啡的人。船員們下船到一分利吃麵，把水貨寄放他這裡誰誰來拿，往後跟這些來取物的海關稽查員和軍官熟識了，索性要他把貨直接銷了拿現錢，分他兩成。菸酒玻璃絲襪化妝品，藏在木製送麵箱裡，騎腳踏車提著去送飯菜運回住處。自己也跟船員買貨，錢賺起來眞可觀，換成一粒粒金元寶埋在克寧奶粉罐子裡。做大的，他把滿滿一罐子去投資了一批藥材，漁船回來被緝私隊盯住全部沉入了海底。他每天像看見深藍海底一堆甸甸元寶幽怨吐露金光，離開了這個居住兩年終朝濕雨的港口。

他照登記簿上的號碼打了一通電話到女孩家，女孩母親說去比利時大姐家了，下個月回來。秋天快要過去老黃太陽已照上佛堂，金色劫灰滾滾浮起又滾滾沉下。不久之後柴明儀也許能夠到四季如春的昆明定居，他可憐的鄉愁啊，是雨中的八重櫻，和那些老是長在公廁四周戳出堅挺花蕊的野紅扶桑。

女孩來呢不來？兒子他們娘黑白放大照片挨掛門側，低低陪侍在祖先們的下壁，死的，活的，神鬼，擁擠佔據著同樣的空間與時間。洗街車迤邐而來，腥風先起，肅殺塵埃而去。

一九八八・三・廿四・寫完

一九八八・四・五《中國時報》

尼羅河女兒

距今遙遠、遙遠的三千年前，我被詛咒帶回三千年前的古代世界，我愛上了埃及王曼菲士。就在同時，地面上二十世紀的人們，賴安哥哥及情人吉米等，正在找尋突然失蹤的凱羅爾……

對的，我叫林曉陽。我的日本名字是小洋聖子，死黨喊我Seiko。我現在想趕快存錢，自己開一個店，賣許多奇奇怪怪的小東西，有沒有，像小香港那裡的那種。有一天我一定要去日本的自由之丘，因爲在那裡松田聖子有一個店，白色的三層樓建築就像聖子一樣高雅潔淨，聽說都要排隊登記拿到許可進入證才能進去。

我的小檔案啊，我是AB型，雙魚座，所以我有四重個性，B型的Seiko，A型的曉陽，天眞有著自然捲頭髮的凱羅爾，以及豔情的尼羅河女兒用冰涼的青銅液把眼線長長描進頭髮裡。白色灰藍色是我的幸運色，血石和風信子石是我的幸運石，我的花則是葉子和種子都很毒的曼陀蘿。我沒有崇拜的偶像，我崇拜我自己，因爲我不要做別人，我只要做我自己。

我騎一輛韓克露一二五，最早是我小哥的，後來他從太保那裡弄了一部飛雅特，就把越野車讓給我。我叫它 Pony，小野馬，紅小馬，而我最喜歡做的事情之一就是把它擦洗得又亮又帥，穿上我那套跟忍者一模一樣的黑恤黑長褲，半夜從我們家山坡滑下來，切上敦化南路，你知道它現在跟基隆路打通了，哇塞一氣飆到老機場。只要搶到第一個綠燈，保證你整條敦化南路綠燈開到底。那時候我覺得我是A型的曉陽加尼羅河女兒，孤獨而叛逆，從兩邊帷幕牆大樓好像星際航道中間，劃過黑夜之心去到古埃及。

流失在歷史的洪流中，我超越時空，迷失在三千年前的古埃及。現在我就要正式成爲曼菲士王的妻子了，在偉大的阿曼神之前，曼菲士王立下誓言。二十世紀再見了。媽媽，哥哥，原諒我。勃朗教授，考古系的同學們，別了。我可愛的祖國，永別了，二十世紀永別了，我再也不是二十世紀的人了。曼菲士！凱羅爾！

很奇怪我又哭啦。對的，阿山我叫他曼菲士，他跟我小哥是換帖的死忠。小哥從小就鬼，不唸書，我爸用手銬銬住小哥腳不讓他亂跑，他就用跳的，一跳一跳跳出門。小哥國中畢業後在中山北路一家理髮廳當學徒，很哀，下班以後還要幫大師傅洗衣服。晚上都在酒吧裡泡，他的英文就是那時候學的，調酒調得一級棒。阿山啦，小薛，小白，小裘，杜鳥，太保，都是那時候認識的，他們搞了一個苦海幫。

我小哥開始幹老鈽是我大哥葛了以後才幹的，他都說去上班。一大清早從外面回來，穿得也活像一個忍者，臉白白的可以看見皮下面藍色血管在跳。我唸國一，媽癌症末期已經沒救了，痛一夜搞死我，也沒睡。早晨我坐在我們家門口的階梯上背英文單字，嘟嘟把下巴放在我膝蓋上，它聽得懂一些英文，我說smile，它就會搖尾巴。忽然它耳朵豎起來跟雷達一樣轉動著，颼的射出去跑下坡，是小哥回來了，嘟嘟像彈簧彈得老高的歡迎小哥。小哥從背包裡拿出一個鮮紅的walkman給我，是他幹來的，我知道。他又拿出一包金項鍊鐲子放進米桶裡，我們家都我在煮飯。然後把一支活動扳手收在床底下的工具箱，就是一個龍鳳餅干的紅漆鐵盒子，裝著老虎鉗榔頭一大堆鏽鐵釘。上班時他就把扳手帶走。

媽又痛醒，坐起來躬著身體吐噦，我早把針桶放鋼鍋裡煮好了，戴上耳機聽節目，眞棒。嘟嘟跳到我膝蓋上，看小哥給媽打止痛劑。小哥幹這些極為熟練，陰冷的樣子好像在幫人家注射毒品。結果媽還是葛了。

我大哥早我媽一年先葛，講出來你們不會信，同月同日葛，車禍，媽哭個死。我想大哥葛的時候媽其實也葛了。大哥是華西街的大卡，聽說小哥也在混，拿木劍K小哥，K完還用劍扎他手背，不准他混。小哥蠻怕我大哥，大哥要在的話，打賭我小哥不會變成今天這個樣子。小哥左手腕上有一疤，以前他們苦海幫去刺青，他刺了兩個字浪子，杜鳥刺在臂上，等待死亡。給爸看見，毛起來追著小哥打，爸說他還沒死呢他去當啥浪子。後來小哥做大了，就用硫酸把浪子塗掉，難看嘛，小哥說。

苦海幫最旺那一年開過一家星期五餐廳。小哥常跟他們說，要酷，要有格，目的是搶錢，絕對不能對女人動情。不久餐廳被封了，阿山跟一個女人在一起，有夫之婦，愛得死脫，兩人跑到美國。結果很慘，阿山一直想回來，還是我小哥寄錢給他才回來的。有一天他來過我們家，瘦得只剩兩個眼睛仍然亮，像曼菲士。

我現在啊，唸補校，麥當勞做 part-time 。我們那個學校眞變態，四面八方全部被公寓樓房包圍住，上課都聽得見各台連續劇在演。我們班教室旁邊就是順子他家，只要一條長板凳就可以從窗戶搭個橋到他家陽臺走過去了。他老妹每晚出來開熱水器，有次打了十幾下火也不亮，打得我們坐窗邊的一排人猛跟她使力，順子翻山越嶺跑過來向她吼，教她要先壓一下趁勁再一轉打亮，不要空打打到公元N年也打不亮。他妹突然氣瘋了對他叫，我壓了我壓了就是不亮嘛什麼爛煤氣！摔了門進屋，悍得，歐米加課上一半也傻了，全班被打掛。

對的歐米加教我們國文，籮筐腿騎兵腿，總之很像歐米加符號，Shordo 桑，短路樣。一天他來上課就說有人到訓導處去檢舉他，說他傳播黃色、紅色、黑色思想，可是這些都落伍嘍，現在流行綠色，綠色，懂不懂！以爲我們誰啊，破B爛鳥當然不懂。樹葉是綠色，王寶寶的襪子是綠色，順子舉手抗議，老師要有證據。阿喬跳起來問誰去告的，敢告就敢站出來！眞假仙。不過，歡迎各位同學多多檢舉，歐米加笑嘻嘻的說。有病。

我們黨現在還維持一個月聚一次。以前蜜月期每個週末從禮拜五晚上開始，禮拜六最爽，禮拜天差不多都是在要困獸鬥還是要鳥獸散之間做抉擇，但沒有一次不是還沒抉擇完一天就過去了，啥沒幹，敗敗的散啦，那時候最衰了。有次我們在忠孝東路一家賓館住了一晚上，男生一間，女生一間，把我們家小電壺帶來煮咖啡，胖妹送咖啡去給隔壁男生喝，回來說他們遜呆了都在看A片。我們列他們男生的排行榜，討論很久排不出誰最具魅力。奇怪半夜不睡覺的話肚子好容易餓，偷溜出去吃餛飩，跑去對街 Seven-eleven 採購一堆吃的上來。結果男生只有順子堅持到第二天，其他一個比一個遜，連阿華也是，要追胖妹的吃過餛飩就蹺頭了，太缺乏毅力。所以我們決定把最有魅力的男人頒給順子。

阿華最晚才來麥當勞，第一個月薪水他全部花在去ATT選購了一件泡褲和劍俠唐璜式的白襯衫。他計劃第二個月薪水買一雙 Reebok，但是約胖妹去看了幾場電影透支掉了沒買成。後來阿華接到兵役通知單只好回西螺，一人走北海岸，宜蘭，花蓮，橫貫公路到台中，第四天再從台中回西螺，第五天正好去報到。孤單的旅途，阿華錄了兩捲帶子寄來，我們就聚到金山海邊露營，圍著營火聽阿華的聲音。我親愛的黨……一聽見阿華的聲音，我們都笑歪了，心裡其實還蠻酸的，就猛笑。

我親愛的黨，dear my party，嗯，how do you do？當然嘍，他的回答應該是 of course, it's fine。我在想啊，大家一定覺得很奇怪，怎麼會有人突然寄一捲 tape 來呢？其實啊……現在是五月七號，民國七十六年，也就是西元一九八七年。錄音的地點呢是在很遙遠很遙遠的地方，海拔三七八八公尺的一個很遙遠的地方。現在外面的攝氏差不多十四度……做這捲 tape 哦，也是蠻困難的，我在想，這是我對黨的一點回饋。還記得吧，去年這個時候也就是我們大家後來認識，知己的剛剛開始。我們第一次的聚會呢是到，到十八王公吧……希望大家好好的聽完這捲 tape，不准打盹，拜託拜託，千萬忍耐一點哦。小余，副總裁，還記得吧，這首歌，I'm Saving All My Love For You。當我鬧脾氣的時候，這首歌的感覺呢，叫小余講給你們聽，然後就知道我爲什麼要這樣講。我們都曾經擁有過的時光，大家好好的聽，聽完這條歌……

我相信古代曼菲士的愛，獨自留在這古代中。雖然你並不明白，我在古代是個寂寞的人，只爲相信你而單獨留在這裡。我將這件事刻在石板上，放入尼羅河漂流，那石板流回二十世紀了嗎？

順子他妹吵要搬到他哥嫂那邊住，六樓樓頂加蓋的一小間套房，房客退租搬走，他老妹極力爭取要有一個自我的空間。順子他媽媽好怕他妹一人住在上面被小偷強暴了。果眞如此，那是阿妹的福氣，順子這樣說，被我們又笑又踢搥了一通。對的我妹妹叫林曉薇，小學五年級，最近我把她送去學英文，至少在MC來之前能把字母發音學會，不然像她那樣緊張兮兮的閉塞，MC一來腦筋鐵不夠用。他們學英文的地方頗恐怖，前面坐小毛頭，後面坐兩排媽媽，一起唸，回家才好監視逼他們唸。你現在去上國中，第一節英文課老師就問，沒唸過ABC的舉手，只有兩、三個人沒唸過。我妹她每天一大早就去學校，負責跟老師拿鑰匙開教室門，老師的心腹，之沒風格。在家裡，她永遠也找不到眼鏡，有時放在洗臉枱上，碗櫥邊，枕頭下面，或掉在床鋪底下，但有時明明就在她做功課的飯桌上，找不到反正就哇哇叫起來，姊，姊，我的眼鏡呢？一副我跟她有仇的樣子。

有次我爸在家，她問我爸上午九時十五分到下午九時十五分，中間共經過多少時間？你知道四年下學期的時鐘問題嘛。我爸答十二小時。爲什麼？是啊爲什麼，十二小時就是十二小時，把我爸打掛，傻在那裡。這還不簡單，我圖解給我妹聽，一天有二十四小時，分成上午十二個小時，下午十二個小時。好，上午，從這裡零到這裡十二。下午，從這裡一到這裡十二。現在是上午九點十五分到下午九點十五分，哪，從這裡到這裡，你看一共多少時間？把上午的這一段加上下午的這一段，就是了，對不對。好，現在這一段是多少？十二時減掉九時十五分是二時四十五分。那這一段呢？九時十五分。兩段加起來共得十一時六十分，分位進時位，對，共十二時，我妹全瞭啦。你們沒看見我爸，好像他一輩子到那一刻才知道他也有沒辦法的時候。

我爸是個悲劇人物你知道。我們家沒有人跟他在一國，他講的那些話簡直是外星 code，沒人聽得懂，我常想對我爸最好的結局就是回到他的星球去。我大哥葛時爸在辦不知什麼專案，祕密失蹤三星期，媽去跟爸局裡要人，他們不講，就是局長親自來家裡送了一包錢給大哥辦喪事。喪事都辦完了爸才出現，也沒哭。媽生病那陣子雖然有我舅舅跟舅媽，其實最著急的是我小哥，媽葛了小哥也最傷心，爸一直在台中，第二天趕回來，也沒哭。我只有看到一次爸半夜在哭，他接到香港轉來的信，說我祖母葛了，八十八歲，早該葛啦，哭什麼。我爸有一個兒子在大陸，沒出生爸就來這裡了，現在差不多快四十歲。偶爾我也會陪爸去翡翠水庫上游釣魚，或幫忙拔拔院子裡的草，那不過是溝通感情的日常方式罷了。我最受不了我爸的就是一定要我戴安全帽，沒法度假裝戴一下，騎出去就塞到我舅家去，回家如果忘記戴被他看到，以爲掉了，又去買一頂來非逼我戴，搞不過他。

他從台中回來，永遠帶兩盒太陽餅給阿公，十年如一日，他不知道阿公現在也挑了，只吃明月堂的和果子最中。最中包裝得很漂亮，印有櫻花竹葉暗紋都可以拿來寫字的雪白紙包著一塊明明就是個豆沙餅的東西，每次都叫我起無名火，虛僞！我拿到薪水那天會去買一盒二十個裝的最中給阿公，碰到店裡賣光光就要跑 Sogo 去買。所以有次我在我們家後院看到山坡底下我爸回來，搭同事的便車，手上提著的鐵定是太陽餅，紅色扁盒子的八成就是黑橋香腸，我眞想告訴他以後不用再買我們不吃這些啦。然後你就看他抄捷徑一級一級走上坡來，先去舅舅家送餅和香腸。

我舅舅家做眼鏡，如果你們經過牆外面，會看到門上有一塊壓克力招牌，天工眼鏡。阿公常坐在院子裡糊紙盒子，裝運眼鏡用的。我爸永遠喊阿公一聲爸，沒下文了，阿公只會一句國語專門用來跟我爸說，最近比較亂喔……爸就點點頭。若放假碰上趕貨，我過去幫他們在太陽眼鏡片上粘標籤，舅媽把粘好籤的眼鏡套上透明塑膠袋放進盒裡排好。大家跟爸講那邊巷子兩家遭小偷，大白天偷的，照相機菲力普錄音機都被拿走了，爸聽著也是點頭。

阿公有事求爸，說是南門做銀樓的阿坤幫他兒子來託，因爲那兒子也喊阿公阿伯，所以這個忙阿公一定要幫的。那兒子跟朋友買了一輛車，不知道是贓車，現追查到要追回去，賣車朋友也找不到了，要那兒子去關拘留所，就託阿公來說，看爸有什麼辦法，或是去跟他們講，車子收回去就好了，啊人不要去關。阿公儘講，爸儘聽點頭，最後把一張寫了車牌號碼和派出所的紙條交給爸，反正相信爸辦得成就是。天方夜譚！我看爸根本還沒聽懂阿公要他去幹什麼，而且你們也知道，我爸就是我說的那種大義滅親打死他也不會去說情的悲劇人物。

我舅媽每次看到我爸就叫他勸舅舅。他們太陽眼鏡以前都銷美國加拿大，下雪戴，後來很多銷大陸，香港的訂單一來來那麼多，最不可靠，不想接又接了，一直排到明年年中，做死也做不完。可是舅舅愛往坡底那個廟裡去，人家香一燒起來他就撇撇顫，去做乩童啊。舅舅氣得說他才去做過兩次被舅媽嚼舌到現在。這我倒可以做證，舅舅自己講的，他需要散散情緒，不然天天做一樣，一直做，一直做，會發癲。他幫我爸配了一副老花眼鏡，附近人家的眼鏡常找他配，只收工本費。趕起貨來，我們山坡好幾家媽媽跟他去批整盒整盒的鏡腳鏡框加工，主要是上螺絲。哇塞頗可觀，不定哪個牆轉彎的角角上，小店前，就聚著三兩人在做零件，東家長西家短，流言滿山飛。

我們家住的山像一隻青蛙，老宿舍區，夏天不下雨水壓常常不夠，我跟我妹就到舅舅家洗澡吃飯。對面的國中，擴音機什麼時候會放什麼歌，從我唸小學到現在都沒變好奇怪。那個人瑞校長的升旗典禮訓話，我們這全山坡住的人都會背了。上天我小哥半夜回來，嘟嘟一直叫沒認出。對啊嘟嘟好老了，狗一歲抵人七歲，這樣算的話嘟嘟都已經七十歲。我爬起床提著棒球棒去前面，是小哥，把瞎鼻子的嘟嘟一腳踢開。小哥臉煞青，兩手用夾克包住，打開來嚇我一跳，滿巴掌血。我趕快幫他脫下手套用雙氧水沖洗，掌心到腕上有一條傷口好深，再用鑷子把手掌上一些碎玻璃屑拔出，擦碘酒。小哥把我碘酒瓶拿去，用倒的倒在傷口上，我頭皮都炸開了，小哥一聲沒吭。他已很久不幹老鑰，跟阿山他們開一家 pub，還有一個服飾店叫唯我獨尊，小哥佔兩股，我不知道他怎麼又上起班來。

包紮好，小哥交給我一疊錢存銀行，他的錢都用我名字在存，我自己賺的在郵局，離我想開店的數目字還遠得很。我們班一個姓蔡的最拉風，在中間空來空去賣音響，光這樣他賺的就可以去 Nifty 買夠一身的行頭，或是到入場券一張五百塊的地下舞廳跳舞。那夜我跟小哥聊了蠻多，發現我們其實蠻像的。畢竟，大家過著平平凡凡的三百六十五天，所以，我跟小哥都選擇黑色的大衣，T恤，但絕不刻意打扮，這就是水準。我們都很欣賞捍衛戰士的湯姆克魯斯，他很有個性，與眾不同。蒂娜透納，太一窩蜂了。我們也喜歡英國合唱團 Modern Talking 的歌，再不就是麥可傑克森的 Bad 這首歌。

小哥叫我離阿山遠點，他的麻煩很多。我有時會去他們的店裡射鏢，跟阿山曼菲士比三把，當然都輸，他就弄一杯蘇打水當中浮著一球草莓冰淇淋給我喝。他把我當成不過是一個小洋聖子和天眞的凱羅爾，叫我好傷心。但雙魚座的人你知道，除非你先說出來，她是不會講的。

阿山的女人，對的我叫她愛西斯。愛西斯是曼菲士的王姐，專門想謀害凱羅爾好跟曼菲士結婚。我看過那女人開一輛帥紅的愛快羅蜜歐沒聲沒息像一個幽浮，滑到他們店前面，阿山就跑出去坐上她的車子走了。小薛、小銘、太保，他們都戴嗶嗶叩，每次來店裡一張檯子還沒坐熱，叩機就響起來，去打電話叩人，忙得。以前最遜的是杜鳥，碰到有些女玩家，又亨，又靚，杜鳥那嘴臉眞不能看，沒格透頂，後來也跟他們散了。愛西斯那女人有人養，梳一個西裝頭，菱形八角臉像歌舞伎女的那樣死白死白，塗著腥紅的口紅。阿山這次又搞起眞的，不顧一切。

啊，古代的亞述城倒塌了，由於我引進了底格里斯河的水。事實上，這應該是六百年後，古代的王攻打巴比倫時使用的戰法啊。不該介入歷史的我，介入了。凱羅爾力竭暈倒在古代的荒野裡，黑暗包圍著她……

十九歲的最後一晚我在Penthouse過，和小哥的馬子一起過，她是雙魚頭，我是雙魚尾。阿華有信跟照片從龍泉寄來，黨快散了，這次又都到齊。阿華穿草綠軍服大光頭的照片，眞醜得飛起來。他附上笑話一則，叫副總裁唸給大家聽，讓我們將各種年齡的女人比作六大洲，十四歲到十八歲的女人像非洲，一部份是未開發的處女地，一部份已被探險過。十八歲到二十四歲的女人像澳洲，開發過的地方都已高度發展。二十四歲到三十歲的女人像北美洲，高度的技術但仍不斷的追求新的技術。三十歲到三十五歲的女人像亞洲，神祕、沉著，熱而潮濕。熱而潮濕！大家像被DJ煽起來的一齊尖聲大叫，痛笑倒一堆。三十五歲到四十五歲的女人像歐洲，處處保留著古老的文明但有些地方還是滿好玩的。四十五歲到六十五歲的女人像南極洲，大家都知道有那麼個地方可是誰都沒興趣。我們又像約齊的看胖妹，你是被探險過？還是開發過？胖妹學DJ的吼回來，**I'm Australia**！我是澳洲。第一名！都輸她。阿華信上說，依然是多麼平凡的一句話，聖子，生日快樂。

很晚天窗快開了阿山才來，送我和小哥的馬子彭樹芳一人一隻錶，託朋友從日本帶回來，那種彩虹錶帶可以換戴的，一條粉紫系列，一條黃綠系列。小哥他們已呼過，歪椅上儘笑，太保靠沙發背早妥了，阿山上去把剩的一截也打了兩口。阿山曼菲士，他常把酒精燈上燒著的壺提起來，就著燈上的火點菸，那時候火光跟他傾斜的姿式都絕美，讓我覺得他會像二十二歲就死了的曼菲士王一樣死去。曼菲士！凱羅爾想到勃朗教授的話，這王好像很年輕就死。曼菲士，你不能去！我甚至可以看到正是有一天他又去提起壺來點菸的時候，酒精燈爆炸……那瞬間，帳篷火災擴大至二十世紀，時空連接在一起，我看見賴安哥哥，二十世紀的哥哥救了我。天窗開了，就像太空艙慢慢打開大風灌進來露出看不見一顆星星的天空。

啊，我終於來到古代之都巴比倫，那邊是幼發拉底河。聖經上預言者耶利米曾預言，這城市將荒蕪，變成乾漠，變成荒野，變成無居民，無人子之地。神祕之都巴比倫。

阿山被人警告，車子窗戶全砸了，避到我們家過夜。他們要阿山跟那女人分手，不然就拆夥。小哥勸了他整晚，後來都在回憶從前過的苦日子，好不容易才有今天，不要爲一個女人毀了。我幫他們煮咖啡，下水餃吃。擴音機放出的國旗歌滿山響的早晨，我用法國麵包和台畜黑胡椒牛肉做了兩個鼓鼓的潛水艇，喝咖啡，看小哥和阿山吃得很香，我爲自己倒了一盤鮮奶加玉米片用瓢羹舀著吃，希望每天若都是這樣多好。我給衣服脫水的時候，他們坐在後院崖頭籐凳子上，看出去都是大樓，變好多了，只有國中那個灰灰水泥的教室和操場一直沒變，擠在樓中間很像模型。小哥講起小學唸過一篇課文叫小明撿石頭，就是一條路上的石頭，叫小明撿，可以撿一個最大的，但是不准回頭撿，結果小明每次都想後面還有大的，到後來一個也沒撿到。對於女人，有沒有來過眞的？小哥說他自己就是那個小明。

對的阿山是從鳳山來，青島村被服廠。他爸以前在大陸是上校，來台灣重新合編，一縮變成中校。提前退役後，退役金跟人家合夥養鰻魚，賠光光。他是他們家老么，他家最慘時他爸騎腳踏車去賣饅頭，也不會吆喝，不知怎麼喊，騎來騎去繞了一天又騎回來，一個饅頭也沒賣掉。後來他爸媽都信教了，常常吵架，打起來亂兇的，第二天早上他媽臉上貼著藥膏，他爸也去找一塊撒隆巴斯貼在下巴上面，表示不是光他打人他也被打了，兩個人再一起去做禮拜。他爸媽現在跟他大哥住一起，台電的，去年被罵得很慘的那個。他哥姐他們家，反正從小各管各打拚，沒事最好別見，沒有消息就是好消息。

那天阿公正好過來，他跟小哥大概也幾百年沒見了。阿公戴一副太陽眼鏡，高興掏出三五請小哥他們抽，小哥好驚訝阿公不抽長壽抽洋菸了。那是南門做銀樓的兒子從香港回來送他的，三五一十五，他就用十五號去簽了一支大家樂，居然中兩萬塊，以後就改抽三五牌。阿公常來偷翻我妹的考卷看分數，他說薇薇有偏財運，借一點運，中獎分紅。我去麥當勞騎車經過坡底廟前面時回頭看，他們三個還坐在後院子抽菸，我剛剛曬起的衣服掛在他們頭上好醒目。青蛙山上面那些漆漆補補過和加蓋違章建築的老房屋就是我們家，二十幾年了比我還大。當時我想阿山會聽我小哥的勸告吧。

可是沒有。小哥打電話叫我提十萬出來送到服飾店，阿山會在那裡，交給他就是，我知道小哥已不想再看見他。唯我獨尊，你們眞該去參觀那個店。全賣哈雷騎士的重金屬配件和皮飾，和魔鬼插畫的T恤。店用純黑色調，塑鋼骷髏頭黏成的櫃枱和門額，還有一塊刻著十字架的西式棺材板靠在牆上，頹廢龐克你知道，刀劍血光的味道，但並不偏廢愛與和平的主張。我正在看一隻有尖刺和骷髏皮雕的護腕好想買下它送給阿山曼菲士的時候，阿山就出現在我面前，嚇我一跳。他很抱歉的攬住我拍拍，整整高出我一個肩膀和頭。我把錢給他，他拿到手上猶豫的敲著手背有一刻，那樣子使我很想哭。但他只說，謝了，跟你哥說謝了。果然我追出去看，他走到對街，坐上那部愛快羅蜜歐開走了。

啊，將要從古代消失的凱羅爾，再見曼菲士，我回二十世紀去了，再見……在人們的驚愕叫喊聲中，尼羅河滔滔流過。

爸受傷在榮總，我和小哥開車趕去台中，爸已動好手術取出子彈。臨檢盤查時對方有一個忽然開槍打到我爸鎖骨這裡，幸好沒打到肺，王伯伯他們都來看過了。我爸照他資歷其實早該調回來升哪裡的局長了，沒辦法他是哀字號人物，打拚都是他，功勞給別人。老大把年紀，硬得，醒來看見我跟小哥，聲音嘶嘶的就叫我們回去。小哥的嗶嗶叩偏又響起來，爸極灰心虛弱的閉上眼睛，不再理我們。我爸也戴叩機，有時剛回家裡，叩機一響他去打電話，馬上又得出門。有次他正罵我小哥，你以爲我幹啥的，我人在台中你幹什麼我都知道，叩機突然嗶嗶大響，是小哥身上的，爸就跳起來瘋掉似的去打小哥。小哥避不見爸也很久了。

回台北車上我跟小哥談我妹的事，發現她最近偷錢，抽屜裡好多粉紅色藍色星星小孩的信紙和筆記本，光鉛筆盒就有三個，奇奇麗麗的各種鉛筆，做成動物跟水果形狀香味的橡皮擦。怪不得上天我感覺錢包好像少了一千塊，問她說是阿公給她錢買的。阿公哪有錢，常常我還得故意放一些零錢給他拿呢。小哥說八成薇薇的零用錢不夠，叫她要買什麼直接跟我們拿，還有我應該把錢收好，給別人製造機會，我也不對。我妹又想去上作文班，林佳玲她們都有去上，就她沒有，小哥說讓她去上啊，我們家大概只剩她在K書吧。

後來我爸回來療養的那段日子，想想，算平靜的。有次我妹班上做音樂實驗觀摩，規定每人自己做一種樂器，我妹把兩支養樂多空瓶子口對口黏在一起，練習著一面拍瓶底打節拍，一面唸矮老頭兒。矮老頭兒我們從小都會唸，有沒有，矮老頭，本姓劉，上街買綢帶打油，買好了油，看見路上一棵大石榴，放下了綢，擱好了油，墊起腳尖採石榴，石榴高，採不著，一不留心踢翻了油，弄髒了綢，摔破了頭，氣得老頭把淚流。你知道我妹很沒節奏感，怪怪的，結果我爸把瓶子拿過來拍給她聽，就順，拍完身體一歪，放了個超級大響屁。他還興致頗高的寫了一張座右銘給我妹，薇兒，飽備乾糧晴備傘，居安思危，父字，幾年幾月幾日，貼在我妹書桌前牆邊。胖妹和順子來我們家玩過，居然跟我爸有說有笑的。順子送我一張他老爸的兩吋黑白大頭照做紀念，他說將來他四十五歲的時候就是這個樣子。眞天才。歐米加被我們學校 fire 了，他笑嘻嘻說老師那就回家吃自己的罷，然後在黑板上寫，最後一堂課，荊軻傳。阿嗟！

那天是這樣的。我爸在弄蘭花，把幾根腐爛的蛇木敲碎，分別放在紅瓦盆裡堆好，再用一截鐵絲穿進瓦盆兩邊的小洞做成吊圈，一盆盆吊蘭掛在樹下。我哥破天荒也在，幫爸鉸鐵絲。國中降旗典禮，學生等不及要放學了好吵。爸的肩傷一陣又痛起來，坐回椅子上，我幫爸熱敷，看見我哥鉸鐵絲時把工具箱裡的活動扳手拿出來塞在腰上，把夾克拉鍊拉上蓋住。看完晚間新聞我在洗碗，見小哥出去我也追出去，下坡路走得一蹬一蹬的猛往前跌，一直走到坡底廟前面，小哥才停住，回頭看我好陰好陰的樣子，他叫我回去，我不。他突然很恨的說，阿山死了，五個月前死的，制式手槍兩槍當場死。好久好久，小哥又說，pub 頂給別人了。我回頭望青蛙山住得滿滿的人家都開著燈，覺得阿山死是預演了那麼多次而這次只不過是正式上場。再回頭小哥已走不見了。廟那幾天在酬神放電影，橘紅燈籠一個接一個從坡兩邊直掛到大馬路上，昏黃又亮的，亂詭異。

一大早我起來打電話，小銘、太保、小薛、艾迪、比利、郎中、娛蚣、小裘，都被我叫醒了。問到彭樹芳電話我也打去，她很吃驚說小哥昨天不是回家了嗎，我其實也蠻吃驚，小哥的這個馬子維持這麼久。然後我去麥當勞，抽空就撥電話，大家都被我搞瘋了。傍晚艾迪打電話來叫我聽調頻，我什麼也沒聽到。不久換太保電話來，跟艾迪他們在打麻將，聽到報說天母東路發生一個竊盜案，竊賊行竊的時候被屋主用棒球棒打死。屋主是國中體育老師，今天凌晨一點多，睡夢中他發現有人走進他房屋，爬起來去看，聽見有人喊，兄弟們，上，還以爲有幾個人。太保說小哥跟他們講過，有次去幹老鑰，被發現了，他臨機應變叫，小陳，阿雄，拿噴子噴，人家不敢動，他就乘機逃掉了。不曉得會不會是小哥……

後來，對的後來正如你們已知道的現在這個樣子。

聖子林曉陽，這就是我，和關於尼羅河女兒的故事，全部都在這裡了。

一九八九・一・十・寫完

一九八九・二・廿三、廿四《中央日報》

肉身菩薩

今年的夏天像他十五歲那年的夏天。

太陽永遠直直的從當空射下，萬物沒有影子。那年的大氣層八成還沒有被污染，山河麗於地，一走出屋子，就給銀晃晃的白天照得認不得路。他失身給他們村子裡籃球打得最好的賈霸。

賈霸的籃球，神的！不是蓋。

他被賈霸推到牆壁上。賈霸吐出來的呼吸瀰漫在屋裡，麝香跟松脂的氣味，把他醚昏。他像被嵌進霉濕冰涼的牆裡面，然後擊碎，碎成一缸淋漓的流星雨。那一刻，聽見天降下大雨。

醒時他站在老榕樹底下，外面下著亮通通的乾雨。雨聲卻很嚇人，打在樹葉跟窗子的遮雨棚上，彷佛世界末日。雨那麼大，樹底下可一點不濕，樹外面有一半在空中已蒸曬掉，有一半落下來遍地擊出燙腥的塵煙。

賈霸站在他旁邊，銅山鐵城，喊著他小佟，小佟，對不起。

他感覺賈霸濃濃看著他的眼睛，也充滿了松脂的醚味，牢牢把他罩死，像蟾蜍被蛇盯住，只好給吃了。千百條榕樹的鬚根嘩一陣飄揚起來，雨都朝天上捲去。

今年是大氣層的迴光返照，每天下午他漂浮在社區的游泳池裡，仰望無盡透明之穹蒼，該死那問了幾千年的老問題就在無盡之處，突然向他問了，爲什麼要活著？活著究竟是幹什麼呢？大哉問！他怒氣的伸出一根中指去操它天空老媽的，幹伊娘。一翻身奮力游它個來回十三趟，用他仍然充沛的體力去堵住那悠悠千年之口。拚得力竭，死在水上。

但也有衰的時候，都三十啷噹歲，這個圈子裡，三十已經是很老，很老了。藍得令人起疑的池水，把他泡成一條藍色的魚，眼淚汨汨湧出，從鬢角淌下匯爲藍色的水。南海有鮫人之淚成珠，他什麼都不是，任憑生命流光，身體裡面徹底的荒枯了。

他久已不去三溫暖，愛滋病蔓延之故。今天徹底枯荒了的身體裡面，把他逐泊到這裡，卻被一幅廢棄的景象震駭住。繁華的煉獄，剩下餘燼裡升起硫磺煙，是昔日的氾濫情慾，游魂爲變，縷縷嬝嬝穿過光束消失。誰還來這裡，就他們這三、五個不要命的渣子！

渣子，他對自己這副身體也索然無味到反胃的地步。老死坐在那裡，誰都不理，一根曬乾成棍的木柴魚。令他遙遠記起老媽的那隻寶貝木柴魚，盤據著他整個童年的嗅覺，只有客人來時，才從廚櫃抽屜拿出，費力用菜刀刨下一堆木渣，扔進鍋裡跟豆腐大白菜一起煮湯。會打死人的木柴魚，擲地有聲，每次削完仍包好放回抽屜，卻像不會減少的，一直是那麼大，最後還當成禮物送給了二舅婆。

身體是累贅，刨成木屑消滅了罷。但他感覺到有一雙眼睛在看他。

沒有用的。暴烈如雷光閃擊一逝的激情之後，是無邊無涯無底無聲息的無聊，沙海之漠，吞噬心靈。他在心底冷冷的笑，老子沒興趣。抬起和尚一般的眼神，望向那雙看著他的眼睛。

有一剎那，他們彼此看到。在那空空心巢的浩瀚座標上，他跟他遇見。

沒有用。如夢幻泡影，如露亦如電，他對體內挑起的一串淒麗的顫音這樣說。但是那雙眼睛，那雙眼睛像十七年前剝奪了他的貞潔的眼睛，浸著醚味，強烈撥動他。斷弦裂帛，他跟他相偕而去，就如花跟蜜蜂遇見，一樣的自然注定。

他們到十樓的高空中裸裎相向，高架橋自窗邊飛越而過，橋燈照射一片橘色，南北車輛轟轟橙橙在他們頭上奔馳。他伸出雙手去擁抱他，他也是。他們都去擁抱對方，同時都要給。這是一場錯亂潦草的纏綿，不知什麼時候就停止了。

並列在枕上。裡面是黑的，外面橋燈，橙天橘海像荒原上的黃昏，映進來把他們的裸身塗上一層銅鏽綠。做得太遜，他迴避不去看他，那是一軀道道地地的男人的體格，結實有氣力。

他起身穿衣服，他也爬起來去穿。滿屋子全部是穿衣服的聲音，皮帶扣子和鑰匙環叮叮噹噹亂響，很嚇人。忽一刻又都停止了，悄然無聲，窒息人。他看見一座寫著 EVERGREEN 的大貨車從窗邊凌空駛過。長榮，evergreen，小佟說，這樣打破了沉默。

什麼？他問。

我有一個朋友在長榮，拚得跟條老狗一樣，小佟說。長榮海運，我朋友跑了兩年船，調回岸上，結了婚。

他說，我叫鍾霖，你呢？

走吧，小佟說。

鍾霖高他半個頭，爽爽落落，不黏。碰過的太多，憑直覺，他知道這次遇到了極品。願不願意告訴我電話，他問。

你叫什麼？鍾霖又一次問他。

他想想，講了眞名，叫我小佟吧。

伸出手，讓鍾霖把電話號碼刺癢的寫在他掌心。我可不可以打電話給你？

鍾霖直直下巴表示肯定，嘴角一扯笑了。怪怪那是眷村男孩才有的笑法，他熟悉到已經忘記的笑容，又出現了。我送你上車。

不，我送，鍾霖說。

我送。他握住他的手，他也握住他的，比在床鋪上才感覺到了親密。夏夜如黑檀木沉香的街上，遠空中濕溶溶浮一團紅燈，不久化爲綠燈，低空一盞晶黃小燈忽忽飄到跟前停住，一部墨藍計程車。他們已放開手，眼睛卻互相依戀著。

慌慌的，他邀約他，要不要喝杯酒？

喝吧，鍾霖說。

計程車已開走，他們帶著剛從冷氣間出來的餘涼和肥皂香走了一段路，肩並肩清心寡慾，眞好。反潮的露水把所有建築物都淹沒，剩下不熄滅的霓虹巨燈宛若星體浮在空中。滿月打水裡撈出，淋淋漓漓隨著他們走，走一下子，渾身也濕了。搭了車去 My Place，像從雨地逃進屋來。

一杯長島冰茶，不，冰島長茶，他跟茉莉開玩笑說。

婕思敏茉莉變了一種髮型，劉海稠稠剪在雙眉上，熨貼的直髮到耳朵一半燙起密密小捲覆住頸子，擦了慕思，黑漉漉的復古式頭，問鍾霖喝什麼。

鍾霖要一杯曼哈坦。

他食指伸去拂鍾霖眉心的一綹黑絲，拂開又落下。露水把他們的髮壓得薄薄包在頭皮上，凸顯出妖細似蛇的眉眼，復古之人，幾可亂眞。

你看起來好像跟每一個人都有仇，鍾霖說。

會嗎？他心底其實高興，至少他是有別於別人的。

你一個人坐在那裡，臉像有一層鹽霜，鍾霖說，沒有人敢找你。

會這樣嗎？的確他是一具被慾海情淵醃漬透了的木乃伊。所以你就來找我？

玩嘛，就痛快玩，幹嗎弄得一副民不聊生的樣子，鍾霖語氣可衝。

他眞想抱住他親一下，多麼幸福啊，my lover。有一天會叫你玩到不要玩，玩到要嘔吐，賴活不如好死的時候！

那時我就 marry，鍾霖說。

畢竟用了英文來取代結婚二字，仍叫他心抖抖一顫，冷笑著，你很幸運。

小佟，鍾霖熱烈的呼喊他，把他喊回來，小佟，把他喊熱來。

鍾，你很酷，他慘然笑了，酷！

不是這樣小佟。我跟你說，我覺得你不一樣，我一定要跟你先說，我有一個girl friend，我們認識快五年了，make過，我想最後我會跟她一起的，一起這麼久了，對罷小佟。鍾霖朝他直著下巴，撇嘴笑，半霸半寵，迫他承認。

他淒促一笑，她知道嗎？

不知道。

也沒壓力？他看著鍾霖坦白如雪的眼睛，唉是個尤物，心裡嘆服。你是半路出家？

有一次喝醉酒，被搞上的，鍾霖說。

常去那裡嗎？他們相遇的可紀念之處。

今天是第二次，鍾霖說，你跟我碰過的不一樣，被拐的？

有什麼差別，他棄世的說，不都一樣。

喔No，鍾霖鼓舞著他，這很不一樣。

其實當個純的還好，他忽然很怨毒，起碼他們是人力不可抗拒，我們，自甘墮落。

你要這麼堵爛我也沒辦法。鍾霖喊他，ㄟ小佟，ㄟ，快樂點，用杯碰他的杯，鏘鏘響。

他無法置信望著他，方口方鼻擱淺著，感覺灼烈的蠟淚滴在心上，燙破一個洞。鍾，愛不愛她？

鍾霖想了一想，愛吧。

那你眞該去死。

我想也是，鍾霖萎下頭，有些懊喪的，像一棵無辜的向日葵。

他已經原諒他了。打電話給你，會不會不方便？

不會。鍾霖掰開他手，又寫下另一個號碼，家裡的，晚上打。我爸媽跟姐姐，你聽到那個啞啞的聲音，就是我姐，跌停板，嫁不出去了。

他嘆氣，你連我的電話也不想留。

鍾霖把手掌扔給他，咧齒懇懇笑。一目了然的掌紋，大骨頭手，數目字寫在掌心，鐵定是自來水沖走的命運，不會被記住，他知道的。喝酒，喝酒。

你想要的話，可以啊，鍾霖說。

他不敢看他，普渡眾生麼，謝了，不受渡的。他說，要你想要，我才要。

Any time，都可以，眞的小佟，鍾霖說，你說一聲就是，打電話也可以。

他的目光一部分側側越過他鬢邊，望向吧枱頂倒掛的一隻隻高腳杯像長滿一架子冰碎葡萄，漠漠無限遠處，絕聖棄智。一部分目光留下來，在他身體近周，吟邊低迴。情人心，海底針，他拍拍他手背，算啦。幾年次的？

四十六，鍾霖說。

他嚇一跳，不像。爲四字頭喝一杯，我四十五。

鍾霖扭住眉打量他，不像，揍他一下肩膀。你知道，現在滿街跑的都是五字頭，邪門。

哥兒們的調調，他喜歡，心底鬆暖起來，六字頭都出來混嘍！他保養體魄如保養他的小牛皮公事包。

多雨的五月他交掉一份戲劇巡迴演出的海報設計後，遇見兩個六字頭，十七歲，十六歲。兩條愛吃麥當勞的山林小妖，聒聒噪噪像連體嬰黏在一起，午夜場散場後就跟住了他。帶去卡拉OK唱到凌晨，喝掉一瓶玫瑰露，一瓶紹興酒，他們的歌他不會唱，他的歌他們沒有聽過。

雨珠荒天荒地罩住他，夜行車燈突然照破渾沌，光眩裡雨箭上下亂飛，照過去了。一堆黑影跟著他，仍是他們，濕淋淋兩隻笨貓，讓他拾了上車帶回家。他喝太多酒，昏昏入睡時，脫光的兩隻貓已扭一起，窗簷雨一陣沒一陣，霪霪下到他的夢裡面。

醒來上廁所，燈大開，亮通通一個倒臥床下，一個橫在門邊，凸凸凹凹，唉沒長成個人形，找兩塊毛巾幫他們蓋上肚子，關掉四盞燈。

上午爬起床，聽見他們在放錄影帶看，引狼入室，心裡後悔。白日青天之下照面，原形畢現，全部見光死，一切，一切，非常乾索。吃掉他一條全麥餅乾，半罐酸酪，只好帶他們去吃飯。

十七歲的長有一雙重濁的黑眼圈，像印度人眼睛，縱慾沉酣，浸透著無可如何，超世悲憐。滋味複雜的眼睛，卻是空腦殼，都聽十六歲主張。沒一刻停住吃，他們要，他買。一大袋子輕飄的粉白粉紅粉綠球體像嬰兒玩具，入口化成甜味，一顆顆吃空屁。明治軟糖咬起來像橡膠，E.T.吃的m&m糖。一包膠糖形狀如腰子，豔奇的水果色，雷根總統最愛吃，十六歲的說。

十六歲看出他傾愛十七歲，便挾持十七歲，玩遊樂場，打小鋼珠，時不時投他哀怨的眼光，搞三角習題。他隨他們從這裡逐到那裡，潮濕人群中，那裡又轉去那裡，黃昏的都市已亮起燈，不知爲什麼他們卻走在水門堤岸上。十六歲轉眼不見，讓出給他們。

陰陽脊界，一邊是都市背後稀稀落落霓虹燈，一邊是都市倒影，水風腐臭十萬八千里從幽黑彼岸颼來。他帶十七歲走下倒影這邊，按到粗礪的堤牆上狠狠親了一遍，像若干年前賈霸對待他。

十六歲又出現，隻影在陰陽界上巡行。

天撒下牛毛雨，三人復合。

就住附近，送他們到樓下，道別後，十六歲又折回來，有東西給他，上樓看。暗魅魅進屋裡，沒開燈，十六歲給他一巴掌，哭起來。別哭了，抱住十六歲，和著淚水鹹鹹的親吻。十六歲拉他壓倒，跟他要，他就給，清清醒醒給，也愉樂，也寂寞。

雨停時他起身走了，踩著潮亮的光影行在水上，肉身菩薩，夜晚渡眾生。

他跟鍾霖道別，手去搭手，鍾霖很靜，但嘴巴熱絡，打電話給我，我才好預先安排。

何苦負擔，他更願意是臨時起意。別後一星期，他忍耐不去打電話，而且忍耐，不去想念他。拚命工作，拖期半個多月的兒童書插畫，一口氣畫了出來。忍耐和想念的雙重痛苦使他生活充實，不亂跑，腦筋空閑時，就用心咀嚼痛苦。也不敢亂跑，匆匆去超級市場採購糧食就趕回家，害怕萬一萬一他打電話來的話。

裝了電話答錄機，敢跑久一點了，接下一批套書做封面。回來聽機，喂，我老吳啊，喂，喂，他媽你也裝上了這個鳥東西，嚓，掛了。

他下決心打電話給他，卻先去把頭放在影印機上，睁大眼，讓強光曝過，印了一張臉，烏七黑八有一個白額白鼻子和絲絲鬔鬔的灰白髮，山魅猖魈之類。索性又去印了一個左臉，右臉，一個鼻尖壓扁的，一個閉上眼睛的，各種醜怪，夾在晒繩上展覽。拖延兩刻鐘，打吧。

找鍾先生。哪個鍾先生？鍾霖。電話轉過去，找誰？鍾霖。哪一組？不知道。電話又轉到別處，聽筒擱下在等，忙碌的人聲，打字機和紙張文件一片飛砂走石響，鍾霖是幹什麼的，他竟不知，一時氣怯掛掉電話。

晚上打家裡，一接是鍾霖，除了約會也沒有其他話題。很忙，只有禮拜六空，晚上陪女友看電影，禮拜天去女友家吃飯，是事實，但都像託辭，鍾霖自己惱了，就講定禮拜六下午出來見。

還有五天，地老天長的五天。至今他仍記得有著一年四季紅濕嘴唇的某，像罐頭剛啓開取出的一顆櫻桃，要你去咬，傾其性命於一歡的飆風帶他沖上雲漢，筋疲力竭，但他仍沒有出來。某不相信，約一個星期後輪休日再見。某似乎是在西餐廳任立業。

他全力開始爲下次的見面預備身心，儲藏蜂蜜似的儲藏稠鬱情慾。用高度工作效率壓制住快要爆裂的期望，他決心非要出來不可。相見日，某與他從一進屋開始糾纏剝衣直剝到床邊倒在地上，幾乎休克，三尺之距燒起遍野大火，腐蝕骨髓。即便如此，某仍然未能讓他出來，最後還是五打一，自己來。

很久以後他與某偶然重逢在吧間，相視默契苦笑，某走來揶揄他，呵呵太累了，太累了。他終於覺悟一件事，情慾是不可去期待的，它永遠給你反高潮，應當隨緣。他應當雍容度日到那天他與鍾霖相見。

一天接近一天時，他愈來愈清晰聞見賈霸的氣味從多少年以前又回來了，該死那松脂的醚香根本是動情激素，攪拌丹田使之發酵，融融包住他。至前一晚他吃過精心調配的涼麵而獨對枱几上一盆親植的大麻煙葉時，四周濃烈的醚味差差使他不禁，無風自家披靡。一念未泯，他急急逃出門，往有人的地方去。

到老姐家，僅隔一座水泥大橋計程車不到一百元，卻已兩年沒來過。姐不姐，舅不舅，只有一架電視機哇哇吵了整晚夜。老媽長途電話來，沈老六喜帖寄到家裡去了，跟爸會代表去一下，封多少，兩千太多了，一千二，媽先墊。叫他去聽訓，四毛毛，不要熬夜，少抽菸，是不是還兩天大一次便，要多吃水果。

電視機裡有一個戴墨鏡的殺手在陰冷唱歌，歌詞一字一字像子彈射出。什麼時候，學會的一種東西叫做酷，不輕易動情，像是一種冷血動物，養一隻貓，解放彼此的孤獨，一張床，半個情人，幾棵植物。歌名就叫酷。

中午他醒來，乍放光明，沒有影子的太陽充塞宇宙，他平臥仰望自己寬鬆純棉的日本製四角褲給高高崩起像一座金字塔。無量光無色世界，唯一的色彩是太陽經過桌上一杯水折射到牆頂，忽滅忽現，紅橙黃綠藍靛紫變幻起舞。他就要去會見他的情人，鍾。喔鍾，my lover，鍾。

然而突然來的厭世情緒又將他席捲，天啊慾望臨陣起義，又背叛了他。他眼見身體那座亙古聳立的金字塔霎時已潰塌在前。他沃沃心田頃刻間荒蕪了下來，完全荒蕪。

情慾用百千種變化的臉一再挑起他，到最高最高處，突然揭開臉皮，美人成白骨，將他千萬丈打落塵土，重複復重複。但他這時候才有一點點看清了它的本來面目似的，直直目視著它。在那個掛著象鼻財神的位置，銅錫面具上鑲滿土耳其藍小石的象鼻財神，現在是一片曝白光線。

Kama Sutra！業經。

他從尼泊爾帶回的那本畫冊，*Kama Sutra:Erotic Figures in Indian Art*。琳琳瑯瑯性愛姿態，練瑜伽一般的非人體力學所可及。

怪怪那些顏色，有炎烈如火地焚煙的朱砂紅、芥末黃，有深邃如星空的孔雀藍、宮粉紅、蛇膽綠。幽悶森林裡，有最香的花，最毒的蛇，最精妙的性技，最早夭的生命。怪怪那是一個熟爛透了的官能世界。

全地球將只有他一個人知道，畫出這種圖畫的印度人，絕絕對對不是消極戒殺出世族，正正好相反。他把它們用進他的配色和設計裡，彷彿向來就是他自己。

Kama Sutra！那個官能早熟情感深銳的熱帶民族，他敢打賭，他們活了一年，所見到的複雜現象絕對比寒帶人活了一輩子所見的還多。他幡然了悟，他的先人若不是阿育王也必是尸毗王或者摩訶國的小王子。前者非常好戰的屠殺了數十萬人之後才懺悔修道，後者，唉後者！

尸毗王看見一隻小鴿被餓鷹追逐逃到自己懷中求救，對鷹說，你不要吃這小鴿。鷹說我不吃鮮肉就要餓死，你會憂惜他爲什麼就不憂惜我呢？

尸毗王便用一條秤一端是鴿，一端放置同等重量從自己腿上割下來的肉，用自己的血肉來換取鴿子的性命。

尸毗王把整個股肉臂肉都割盡了卻仍然沒有鴿子的重量，就縱身投在秤盤上，用全部的自己做抵償。

立時大地震動，鷹與鴿都不見了。

他知道全地球將只有他一個人相信，不論是摩訶國小王子捨身飼虎，還是尸毗王割肉貿鴿，赤血淋淋的狂迷境界皆如出一轍，徹頭徹尾根本就是他祖先們的淫事，隔了千百世代如今強悍遺傳給他。他們都是天地頭號淫人。

他明白了，眼前他最應該做的事，唯一的事，只不過是爬起來，穿上衣服，去見鍾霖。

前一刻他仍在徘徊，到底要擦富有皮革煙草樹木獷放氣味的Polo，或是中和一點的姬雪龍，先逸出一股柑橘清芳，漸化爲濃冽藥草味。或是只爲自己聞見就好的碧水。或是卡文・克萊的迷情Obsession，在原本女人香水的甘甜裡加上松脂和麝香。這一刻他什麼都不擦，帶著自己體內輻散出來的獨特醚味去赴約。

他們約在他常去的茶藝館。做爲一個又忙又閑的個人工作者，他以兩件消極行動表示抵制都市生活，不買車，不戴手錶。以及三件積極嗜好，茶道、品陶、烹飪，特別是日本料理。

他坐在常坐的位子背窗，但窗門外一切景物和流動，都投映在對面整排冰亮玻璃櫥架上。紫砂壺，紅泥壺，綠泥壺，石頭壺，柿子壺，菊瓣壺，樹瘿壺，塵滾塵汽車於壺間飛馳，行人走路，供他看盡過往雲煙。鍾霖，就出現在那上面。

贊！現形青天白日下，極品畢竟是極品，不會辜負知己。鍾，在這裡。

嘿小佟！鍾過來坐下，頭上腳下打量他，揍他肩膀，嘿小佟還好吧。

哥兒們的調調，眷村男孩才有的笑容，男人間的親密友誼，夠了，他綻開明朗的笑臉。經歷過尋尋覓覓的驚濤駭浪之中大翻大跌以後，鍾霖，這個即使是白天讓他遇見他也會欣賞的男人，給他的，已經太夠了。

他的淡泊很快渲染給他，彼此放鬆。他安穩泡茶，他平和觀賞，溫柔正像竹簾子細細篩篩的密密影子包住他們。他把茶遞給他，眼波底互相望見，唉也是舉案齊眉。

今年夏天會啃人的太陽像他國三聯考完，直直射下，全村子忽然已找不到人玩，許多在外地，許多準備考試，忽然他就變成巷子裡最大的一個。一夕之間被另條巷子裡他們當小蘿蔔頭時代最崇拜的大哥級人物賈霸，一夕間被賈霸做掉，成為怨苦的情人。

賈霸不發一言但用稠濃醚香的眼睛即可使他酥軟，刻骨銘心忠於一人。七八天罷也許兩星期，賈霸同樣的眼睛卻不再對他，而對各種場合出現的魁偉男性無法自禁的投倚目色。他第一次大發醋勁時，賈霸保證愛他並讓他第一次進入男人裡面。

這樣賈霸好像已充分償還了他的，冷冷對他說，他愛他，可是他不是他心目中的那種型。不夠高，不夠粗，不夠肌肉。他的白馬王子是軍人，是水手，不是他，但他可以愛他。

他被賈霸弄昏了。每天下午他們去再春游泳池，他睜眼看賈霸在池中展露體格用眼睛放電，電著的相偕游遊，當他面前搞起比目魚嬉春，就像他是一根水草或漂流物般無知無覺不存在。

他日日跟著魔一樣，死黏住賈霸，任其侮辱踐踏，以爲這樣本來是愛情的方式。直到暑假快要結束賈霸去服兵役前一晚，他終於在狹巷裡堵住賈霸，骨銷形喪完全是一隻色癆鬼，求求賈霸親吻他。

賈霸把頭一偏向牆，眼睛望地，連不屑或輕蔑都不給他。他上前抱住賈霸，抱著一具僵冷身體發狂要把它抱活熱回來的，拚出一切。他們不怕被誰撞見，因爲不可能也不會，此刻萬人空巷全都在屋裡看晶晶與母相認的大結局。聽，悲愴凜然主題曲奏起了，從千門萬戶湧出匯成大河直沖天庭，爲他慘厲的初戀譜下終結。

晶晶，晶晶，啦啦啦，他哼起《晶晶》主題歌。

你是遇人不淑，鍾霖拍拍他笑，開頭開壞了，一副高拐相。

他綻放漁樵閑話的微笑，晶晶，晶晶，啦啦啦，幼齒啊那時候。晶晶，晶晶，啦啦啦，哼來哼去記不起下文的，苦惱著。

鍾霖接過去哼，續了兩段，它鄉遇故知，令他驚喜蹦出椅子。

這個呢，記不記得？鍾霖吟出另一條旋律。

他傾耳聽，似曾相識，再多哼一點，再哼，我知道了，《星河》！台視第一個連續劇。

感激涕零的兩人打破了一隻蓋碗，震屋響，引起一陣騷亂。平息下來時，甜蜜極了的，他們開始談電視機。天啊他們都是有著附贈太空人裝束的大同寶寶的那一批電視，機門兩邊開拉像一把手風琴，且有一塊紫紅絨布垂下金黃流蘇覆在電視機上，供著大同寶寶。

你聽，這是什麼？他努力哼準每一顆音符，就算如此之走樣，鍾霖聽聽也就一起哼上來，勇士們，砰，螢光幕飛出一頂鋼盔兩枝步槍，Combat！呵他們的老朋友桑得斯班長，總是孤獨果敢的率領部下殲滅德軍。

聽這個，鍾霖滴滴答答哼起來。Saint！聖者賽門鄧普勒，不，不是美語發音的勒，而是英語發音的辣，羅傑摩爾蓬軟頭頂上丁一響，亮出光環。星期六晚間十一點播出的七海遊俠，帥哥，後來跑到〇〇七海底城，又要打又要踢，又要跟蘇俄女特務上床，累得他，閒灑盡失。唉也老了，鬆塌皮鬆。

還有這個，他哼了一段半天鍾霖卻聽不出是啥，蘋果西打嘛。鍾霖重新一哼，才對，夏日火爐屋裡，星期天下午兩點的電視長片，每次緊要關頭就切斷，颼颼颼旋出一瓶冰珠流瀉的蘋果西打，恨死你。而跟在這之後的必然是蜂王香皂，伴隨慵懶女音老蟬嗚嘶，他跟鍾霖同聲唱道，蜂——王——香——皀——

該死那個年代全部都又回來了。迷失在今昔炎陽照射下的兩個四字頭，原來他們所共同擁有的竟是那麼多。

星期一的打擊魔鬼金毛虎，星期二赴湯蹈火Mission Impossible，星期三密諜有心電感應，片頭是蘇黎士的噴泉高高沖在空中。星期四洋場私探有一個漂亮的黑人女祕書。小英雄畢佛，讓你嫉妒死了的有那樣一雙可以坐下來跟你溝通的開明老爸老媽。聽說現實裡的畢佛參加越戰死掉了，不，沒有死，死的是那個單槍匹馬裡的強尼西瑪。

星期五黃昏五點半的糊塗情報員，怪怪有夠醜的九十九號，像透了大力水手卜派的女朋友奧麗薇。呵星期五最多好看的了，勇士們就在星期五。藝海龍蛇記不記得，骨董店老闆每次不是被捲入謀殺案，就是寶物爭奪戰。對啦游擊英雄，親愛的那幫子哥兒們，牢頭，騙子艾特，小偷，耍小刀的契夫，抽屜把子嘴卡西諾專門開保險箱，呵迷人的牢頭有一座跟寇克道格拉斯一模一樣的凹洞下巴！

他們足足講到星沉海底，雨過河源。該是散會的時候，鍾霖還要陪女朋友去看七點二十分場。突然鍾霖很衝動，不去了。

他正喝茶，感覺平地颳一陣惡風，差點潑翻茶，心旌獵獵的搖了兩搖，漸止。腦衝血一褪，鍾霖也自知這似乎是不可行。

時機稍縱即逝。他們洞然了於心，結果今天他們沒有上床鋪的話，從此今生，他們之間很難很難會有這件事情發生了。

令人有一點點後悔，一點點呆怔。

同時他們非常清楚，這亦將會是他們長久而親密友誼的一個好開始。應當慶祝的，然而也不過如此。

哪一邊比較好？他笑問，不怕打破禁忌了。

鍾霖想想，想了滿久的。跟我女朋友，是比較舒服啦，跟這邊很刺激，每天上班上班實在有夠無聊，女朋友老夫老妻了，搞不出新招。鍾霖慚愧笑起來，唉我也不知道。

他知道，既然自己能拒絕情慾第一次，就能拒絕第二次，第三次，第N次。第N次的那一天到來時，他想他可以升天了。如此是可快樂的呢？可悲哀的呢？已非他所能夠預知。

今年夏天的確是他十五歲那年的夏天。

一九八八・十二・十一・寫完

一九八九・二・十六至廿一《聯合報》

帶我去吧，月光

1

生生滅滅的每一天裡，佳瑋還是一個新手，生手。上班月餘來，有四次碰上自力救濟的抗議隊伍，東西大衢完全癱瘓，一片戾氣怨騰之中，她是極少數能不受波動的人。佳瑋仍有許多新鮮的心情，去看街景和人物。看到落單的遊行者，明明是家庭主婦，頭頂綁著白布條，在紅磚道慌張奔跑尋找失散的夥伴。看到商店前的電視牆，無數格分割的瑪丹娜一齊煽動出一整個巨大的瑪丹娜，排山倒海來要呑噬人的。

但更多時候，佳瑋全然無視於這些，飛越過可看見可嗅到可觸摸的壅塞亂暴的四周，眼前自有一塊空曠供她任筆揮霍。此刻那是黑夜大地，雪花悄然無聲落下。滿畫面的黑，佈上白色不規則圓點。不知名人物出現，從地平線上走出，又像從雪夜極深極靜的核心甚或那是無生無死的最終之處，走出。一身黑色斗篷融入黑的背景裡看不見，因此只有露出斗篷的一點點臉是白色，像眾多雪花中的一朵雪花，走到近前，才看見閃現出星芒的黑色瞳仁……佳瑋是如此在另外一個世界裡，以致這個世界，擠得不能動彈悶臭的公共汽車裡，貼在她身後的一名男子正在大膽而小心的猥褻她，她卻渾然不覺。

程家原來的眷村改建爲國宅，那三年佳瑋和父母親暫時跟佳柏哥嫂住一起，房租由國家津貼。佳瑋讀美工科住校，禮拜六回家，和嫂嫂客客氣氣。可是程太太不開心，嫌佳瑋的嫂嫂浪費，講出來是些小事情，隔夜的菜不吃都丟掉啦，櫥裡穿不完的衣服還要買，三千五千一件的，穿兩次不喜歡了扔在那裡，不然就一股腦丟進洗衣機裡攪，不分個料子好壞，掉色不掉色，洗出來全走樣不能穿了。對佳瑋的嫂嫂不能說這些，都說給佳瑋聽。佳瑋偏偏不愛聽，跟母親頂起嘴來，賭氣跑回學校去，接連幾個假日不回家，僵到母親派佳柏來學校接她回去過生日。其實佳瑋和母親一樣，也在努力適應佳柏的結婚成家，跑回學校，一大半爲了不想再看到哥哥。

佳柏來載她回家的路上，她整個人又漲又抑制住，車碰到紅燈緊急煞車，眼淚就給撞出來的一發不可收拾。佳柏蹙眉頭望了望她，一路無言。後來她哭乾淨了，空空的反而舒服，佳柏才問她怎麼了？她說沒有。

哥哥大她八歲，小時候哥哥粗大的手掌頂愛揉搓她腦袋，把她疏黃的童髮頭揉成一堆蓬草，好像她眞是個無可救藥的可憐小東西。那晚全家替她過了二十歲生日，帶著和解之後恬淡的，稍微拘謹氣氛的生日。嫂嫂送她一雙IXIZ布鞋，香港帶回來的，照嫂嫂的腳碼小半吋。那晚她偶然聽見哥哥說，佳瑋長大了，搞不懂她！睡前她想著佳柏的話，感到悵然，不知覺在她的拍紙簿上畫了一幅上下四空八方蕩蕩的原野，當中只有一個小丫頭的大嘴巴宛若枯井朝天空哭嚎。

●

國宅蓋好，他們家抽籤分到東座一間第五樓的房子，三房一廳，衛浴廚房。才三年，這地方全部改觀了。有些住戶已遷居別處，私下把房子或賣或租頂給別人，份子漸漸變得複雜，不再是清一色純種眷屬。佳瑋跟父母親搬回村子，老地新家，家具有丟不掉帶過來的，有新添的，扞扞格格互相排擠。例如那張木頭邊玻璃鏡框鑲著戴笠泛黃了的大頭照，以前眷村人家幾乎不供祖先牌位的時候，便掛在客廳牆上最尊的位置，到佳柏家住期間，戴笠照屈居程先生夫婦臥室。這趟搬回來，外面已改朝換代，一批新面孔上台，氣氛所及，他們客廳漆著奶黃色簇亮的牆壁，竟找不到一塊合宜之地可以安置那張相框。

重新訂製沙發墊和套子，程太太主張選織花布，佳瑋嫌太土，要米白粗紋的，程太太嫌太素，爭執不下，問到程先生頭上。程先生停止了韻致的搖擺，摘掉耳機，說都好都好，總之都是給人坐的嘛，不過妹妹唸美工，對顏色比較有心得，再研究研究。

程太太向佳柏去拉票，佳柏也說了，房子是你們住，又不是我住。

佳瑋在背後搖母親的肩膀，嬌氣說白的，白的，白的好啦。程先生跟著女兒一齊嫵媚，白的好嘍，就這樣決定白的嘍。程太太被他們父女搖晃的笑了。

但佳瑋下班回來，進門一見沙發的新套子，怎麼是這個顏色！程太太慌忙跑出來辯護，顏色是深了一點，不夠白。

白？明明是黃！

黃嗎？程太太比對了半天，承認是黃，黃的也蠻好，跟牆壁的奶黃色不正好配套。

到底還是換掉了佳瑋要的那種米白色。她很生氣，白的黃的都分不清，色盲。

程太太也生氣了，那麼素幹什麼，又不是辦喪事。

佳瑋心一灰，從此不過問房間佈置，只求守住屬於自己的房間，大肆發揮理想。有時候程太太討好的徵求她意見，隨便呀，極其輕揚的語調充滿報復的意味，程先生便會呵呵笑起來藉以平衡她的報仇。她把自己幾坪大房間弄成後現代感的空間漠漠，似乎在裡面講出來的話都會變成透明壓克力線條。她回家把房門一關，塗鴉，聽音樂，一窩幾小時不出。程先生夫婦不敢隨便闖進她房間，對他們而言，裡面這個世界的確太陌生了。程先生總是謙遜的叩著門，喊她妹妹吃飯囉，妹妹該睡囉，妹妹電話……

●

他們家遂這樣呈現著轉型期的割據局面。程太太的色彩最強，唸舊，樣樣東西捨不得丟。那座民國五十幾年春節聯歡會上抽獎得來的仿清花鳥琺瑯瓷大口瓶，仍放在電話几側，插著時鮮的劍蘭或黃菊。普騰二十六吋電視上鋪塊毛黃了的針鉤鏤花檯巾，上面一盆女同事用綢做的冶紅冶綠牡丹花。當了大半輩子小學老師，年前退休後就開始辦手續想去南京上海尋舊。六年前跟堂姐連絡上，雙親和兄姐全不在了，當時草草埋葬之地，現在是鋼鐵廠西邊圍牆外一條排廢水的大溝。程太太執意要回去看看，叫佳柏佳瑋一齊辦了入港證。

程先生那邊的兄弟親戚倒有幾個，可是早些年喊三通四流時，連轉封信也不敢，生怕受處分停發退休俸。現已可以過岸去了，仍不敢，幹情報的，對方一定有紀錄，進去了出不來怎麼辦，不去不去。程先生舊日的所有家當，經太太和女兒主張，都給收攏到那間西曬的房裡，講好聽是書房，差不多成了倉房，舉凡一切礙事不順眼不合時宜的東西，全堆塞到這裡。獎章獎牌座子，被佳瑋拿去當了好久的鍋墊才發現。鋁框裡原來的一張天青色座右銘，燙金字書寫著「置個人死生於度外」，佳瑋拿來拆了，改裝成一幅荒丘起伏的黑白照片釘在門邊。從前週末還有個電視平劇能看看聽，今天程太太也怕吵了，叫佳柏弄來一支隨身聽，要麼就戴上耳機聽電台的，不許吵人。難哦，程先生嘆口大氣。

●

佳瑋下班回到家很晚了，看新聞才知道又鬧事，一群人跑去靜坐抗議，下午坐到黃昏仍未散，聚眾愈來愈多，交通大堵塞。她爬上五層樓，踩進門跟拔掉了橡皮塞子一樣，癟在沙發裡。其實並沒有這麼累，不過是精神上徹底解除裝備，任性的由自己瓦解。她不曉得這樣卻讓父母親非常壞心情。老倆一天在家裡叮叮對對磨得發煩，期盼她像清新的空氣吹進家門，盼到她這種難看樣子，氣也弱了。程先生柔軟的叫她妹妹，喝水吧，梨削好了冰著，拿出來吃。

佳瑋動也不動，眼睛呆滯對著螢光幕上發怔，直到母親從廚房走出，她才稍稍收斂的坐正。

換個衣服洗洗臉吧，燉了大黃瓜湯，妹妹點的菜，今天秋刀魚我用煎的，每次烤都好像有腥味。程太太自說自話很掃興，見佳瑋臉黃黃的，女兒怎麼搞養成這副德行，火氣就上來，挑高音量說，香港簽證下來啦。

不去，佳瑋終於發言。

辦了怎麼不去，白花錢。

我要上班。

請個假行不行，何美茵自己公司的人，好商量。

我要上班。佳瑋陰沉的說，沒有可商量的餘地。

程太太忽然很傷心，老的小的都不去，我一個去好啦，去了也不要再回來了。

程先生呵呵笑著負責平衡，佳柏去啊。

程太太發恨說，佳瑋這個班不用上了，每天回來累成這個樣子，犯得著！

佳瑋歪歪斜斜站起來，好累好累，坐車坐了一小時五十分，想睡了，等一下再吃，爸媽先吃。迤邐著走進房間。

她聽見程先生在罵那些遊街擾亂交通的人，最沒有脾氣不會動怒的父親，也發火了。不知何以故，佳瑋竟感到幸災樂禍，至少把她父親激起了情緒。她害怕父母每天以她做為他們生活中心那樣的環繞著她，供飯供水，伺候她臉色。她寧願他們不要理她。她喜歡乾乾爽爽一個人，最好這個世界也是乾乾爽爽不沾不滯的。她房間裡的設計桌上絕對一白如洗，唯有一把鋼亮的美工刀，和一支漆著啞光礦灰色的IXIZ文具盒，側側並擱在桌上，形成簡寂的構圖。佳瑋渴望每個人與每件事物，都在美麗的秩序之中安詳行走，她會非常快樂。所以當她換下衣服看見裙子背後滴拉的一些乾漬，並不明白那是某位男子猥褻留下的古蹟，回憶著今天是否坐到什麼稀飯之類的上頭去了，而感到十分困惑。

2

公司下午交掉一個案子，跟佳瑋沒有什麼關係，何美茵可解脫了，非要樂一樂，找她去吃串燒。平常美茵自有自的樂子，輪不到她，最近跟陳的鬧翻了，青黃不接時期暫由女友遞補。

佳瑋是很好的聽眾，嘴巴又緊，美茵許多心裡話和裝不下的祕密都傾倒給她。專科一年級住學校宿舍同寢室，十點宿舍關門，美茵若不是滑壘成功，就是在寢室窗戶底下擊掌三響爲記，由關係好的同學去跟值夜助教取得鑰匙開門。掌響特別，叭，叭，叭，十指虛張並擊，打出空而脆落的聲音。往後美茵打電話進來，要佳瑋幫忙登記外宿，事由塡寫返家，很晚了，明明是在學校附近街上打的電話，末班車已開走，佳瑋的思路到這裡便打住，平靜的做爲一名共犯。開始大家都說美茵的男朋友某某，很花，美茵是倒貼，佳瑋一邊做功課專心的樣子，一邊聽在耳裡把臉掙得火燙，似乎她必須替美茵負擔起這一部份。後來變成一聽說何美茵又外宿，寢室裡就亢奮起來，吱吱喳喳吵到半夜才停。佳瑋此時的沉默便成為一種異類，令她十分悶氣，生出一股反抗心，彈向美茵這一方，漸漸凝固為捍衛的立場。但是究竟在捍衛什麼，她也弄不清楚，往往大家都睡著了以後，剩下她仍然鬱塞解不開對著烏黑的長夜睜眼。

美茵卻先跟她吐露心事，什麼都講，繪影繪聲圖個口舌痛快。美茵早知道女生背後的那些歪話，她們是嫉妒，褲帶鬆又怎麼樣，只要給她們機會，她們鬆得比誰都快！佳瑋聽著呆呆的，她為這一切受的苦惱和壓迫，在美茵那裡完全沒有。她對美茵的心情，就此淡了。二年級美茵搬出去住，很少來上課，在叔叔的廣告公司做事。她們之間交往，向來是美茵發動，佳瑋淡泊，她不來找她，她永遠不會想起要去找她。畢業後，美茵已是業務部經理，熱心把她拉來公司的創意部任平面工作。

●

這次的飲料廣告搞了快半年，前兩季都是他們的客戶，這一季要抽手轉給別家做，被美茵硬談下來，換了新的製作公司。今天看片，嘩啦來五個人，首次合作，卯足勁拚品牌，片子正點。創意部也來了一票，連業務部三個人，一室烏鴉鴉。客戶是東尼和小江兩個來，一進房間看那陣勢，東尼嘿嘿笑說，喝你們人海戰術！

片子一支六十秒，一支二十秒，美茵挨在東尼身邊坐，笑語晏晏，放完片子不等人家發話，好片，好片，放肆率先評讚。散會時東尼向製作公司致謝，美茵叭叭叭鼓掌起來，一如當年在宿舍窗戶底下擊掌一派野氣。

東尼他敢不給我ＯＫ，我片子做得叫他沒得挑！美茵喝小麥燒，滿滿一大杯翡翠玉液。吃串烤火氣大，配一千ＣＣ杯裝冰鎮過的啤酒或小麥燒喝，最爽。佳瑋叫了可爾必斯，一大杯稠白似奶。

敬單身貴族，美茵一舉杯跟她碰響。第一次來吃，是東尼帶我來，幾年前的事了。我們都坐在那個位置。他家廣告居然敢不給我做！有沒搞錯，跟我玩假的啊，我殺了他。美茵直著眼盯杯底看，我喜歡小麥燒的綠色，綠得好邪，好陰險，像喝毒藥，愛喝毒藥的茱麗葉。一仰頭飲盡，美茵再叫一杯。

佳瑋反正永遠搭不上。兩人兩種節奏，兩樣頻率，各走各，不犯沖，多半似乎還互補，吸引著美茵。

東尼他大女兒今年高中畢業，看起來不像罷，服了他，小肚子一點也顯不出。每次我們吃完燒串，身上都是油煙味，聞他頭髮，都是。你猜有一次他送我什麼，Nina Ricci，香精哦，貴一倍。當場我就點一點在耳朵後面，哇，整個店裡面都是Nina Ricci的味道，夠勁！東尼他就會搞一些這種把戲，叫你還眞的有點相信呢。敬一杯，敬寂寞的晚上。

在烤神戶牛肉串，壓克力玻璃圍住炭烤枱，頭頂一架抽油煙機，忽拉忽拉，抽得火星星騰空起舞，炭烤檯上紛飛迸射。這樣一角景致，讓佳瑋感到溫暖，細細想念李平，不曉得這時候他在做什麼。

飯吃完，卻吃出了高昂的情緒。美茵當然不肯罷休，一通通電話打出去找人，約齊了十點鐘教父見，非把佳瑋也拉去。她們最先到，教父是個大櫥窗，打從進門，美茵的腰脊也直了，顧盼神采，看人，被人看。不一刻男男女女紛亂到來，黑衣、白衣、灰衣，一系列國際流行中間色。有人喊說貪狼來了，貪狼來了。美茵說，大翁你專門來付賬的喔。被喊做貪狼的大翁，呈現出很無辜的臉，把口袋翻出來，兩空，四空，五空，嘻嘻一笑。過份！

原來大翁的命宮有一顆貪狼星，據說貪狼入命宮，好賭成性，常有意外之財。整晚上談起紫微斗數，基本術語人人皆通。佳瑋是他們圈子的闖入者，也不覺得有她存在，她只是聽得很趣味。忽然誰叫她名字，程佳瑋，你呢，子女宮有哪些星？

她紅了臉說不知道。正在談子女宮，性生活狀態可以從子女宮窺見。

她呀，我想想。美茵說，記得有一個是太陰，沒錯，太陰落陷，做愛要關燈的那種啦。

看起來就很像。不知是誰這樣說的，大家又一陣笑絕。

吹到午夜，還沒散的跡象。佳瑋人燒燒的，終於起來去打電話給李平。電話那頭鬧哄哄，李平扯著喉嚨說話，大聲點，聽不見。

我在Angels，教父。

哪裡？好吵。

教父。

這麼晚了！

佳瑋一疊聲笑起來，摀著發燙的臉頰。熬過了倦睏時刻，酒意乍醒，人像夜明珠灩灩吐放光澤。

要不要我下班送你回去？

不用了，何美茵開車，會送。但佳瑋眞希望李平能看到她這時候的美麗。

沒事吧？李平大聲問。

沒事。她也撒嬌，也怨。

什麼？太吵了，聽不見。

她大聲喊，沒事。

我再打電話給你。李平也用大聲叫喊的，那邊似乎一團忙亂。

佳瑋掛掉電話，良久。她歎惜自己像高高懸崖上的花，自己盛開，自己凋謝。最好的一刻並沒有誰看見的了。因爲美麗只有一次，絕對不可能重現和複製。眼前的這一刻已經過去，永劫不歸。她從感情的高揚中忽然落至低宕，然而也並沒有誰會知道的了。

●

次日中午的空檔，李平約在她公司附近一起吃飯。李平班上從昨晚吵到凌晨，上午睡眠時間又被邵老大的電話鬧醒，質問他要選擇哪一邊，資方還是勞方？睡得正迷糊，被搶白了一頓。平常那些敢講話的都哪裡去啦，還有你們一批年輕人，你們的聲音在哪裡！

叫我怎麼選擇呢，李平說，從開始弄工會都沒人來找過我，我在資料室，跟那些人又沒什麼認識，整個事情發展我完全不清楚，叫我選擇，從何選起。

邵老大非常義憤，這種選擇，沒有常識判斷的問題，只有道德意識與立場的問題，是就是，不是就不是，否則你怎麼去行動。

這樣對我很不公平。

公平！喂，你不是在諷刺罷。這整個事情如果有一點點公平的話，我頭砍給你。邵老大邀他連署簽名，聲援工會。

我沒意見，李平說。

等你想通了再跟我連絡，還是你現在就決定，站在哪一邊？邵老大咄咄逼人。

李平就說簽就簽吧。回頭越想越彆，爬起床打電話給同事們，看人家怎麼想法。哈，邵老大那個頭最不值錢，一天到晚頭砍給你，早就砍了一籮筐。站在哪一邊？你告訴邵老大，我就站在他說的操他媽的那一邊，誰怕誰。

佳瑋怪他隨便亂簽名，搞不好留下紀錄將來倒楣。李平嘴巴說不會，心裡也很懊喪，從頭到尾落個不明不白，對自己生氣著。

●

李平大學唸新聞系，大佳瑋兩年次。佳瑋二年級暑假參加編輯研習營，兩人認識。結束後佳瑋接到李平來信，只是談一些研習營的事，在回信不回信之間，佳瑋回了信。這樣一往一來不急不緩的速度，使佳瑋逐漸鬆弛了戒心，不覺也在期待李平，而這份期待又不至於熱到會攪亂她的節奏，把她嚇跑。適切的程度，恰恰夠引起她的好奇心，像是在一個安全範圍裡冒險犯難，既新鮮，又穩當。一些一些的，不知何時卻理所當然他們便已成爲公認的一對。李平是扁平足不必服兵役，畢業後進報社當校對，不久升任地方版編輯，再到社會版，美茵譏笑他的社會版是殺人放火版。這頓中飯，他們都吃得生氣。

3

Jeffrey Hsia，夏杰甫。港仔囉，來台灣渡週末，把馬子，美茵這樣說。要佳瑋代替她去機場接夏，找了小岳開車。臨走美茵扔給小岳一捲梅豔芳卡帶車上聽，杰甫喜歡梅豔芳，沒見過那麼醜的女人。

夏這次來是爲他們新接的紅茶廣告。近年水果茶興起席捲青少年市場，逼得人家英國公司開始做廣告。小岳指認出夏，去停車場把車開過來。夏杰甫一身打扮是經營過的不經心和隨便，輕鬆提著一隻中型旅行袋，既不是皮爾卡登，也不是黑色登喜路，只是質感很好的一個普通旅行袋。名牌氾濫得令人嘔吐，夏杰甫選擇普通，表示他其實極不普通。見到佳瑋新面孔，眼看她一氣呵成交代何美茵跟客戶吃飯不能來接他所以派她來接，臉從清冷的骨瓷白轉成窘紅，就再沒有第二句話，後來乾脆不理他了的偏過頭去看車子。很有趣。

佳瑋做爲共犯編造不能來接機的謊言，連同美茵的心機，既要疏遠這位男友，又要保持相當的關係，鬆緊之間抓她來緩衝，都被識破了，愚蠢之至。更糟糕的是她沒辦法控制自己的臉紅，一直紅到耳朵上頭去太可恥。當她感覺到半邊通紅的耳朵毫無防禦能力暴露在那個男人的眼光底下，她突然轉過頭來，慌張又憤怒的望向男人的背後方。

夏杰甫來不及收回研究的目光，被她浸著怒氣好像教誰凌辱過的滿面紅辣嚇到，忙回頭去看，以爲她看到了什麼，可什麼也沒有。小岳開車來，佳瑋鑽進前座把人掩蔽在椅背裡面，他坐後頭。小岳扭開音響，梅豔芳跑出來唱，why，why，tell me why，夜會令禁思分解，引致淑女暗裡也想變壞…… why，why，tell me why，沒有辦法做乖乖，我暗罵我這晚變得太壞……又是一條氾濫爲患的歌，但在台灣聽到它卻很異樣。

何美茵說你很喜歡聽梅豔芳，佳瑋突然從椅子裡翻過身來對他說，想要彌補剛才發生的混亂。

他欠了欠身，笑說是嗎。實在他早已摒棄了梅豔芳，正如他的逆流行與抗名牌，當大眾也接受梅的枯涸美爲之瘋狂時，他已毫無興趣不聽她的歌了。

佳瑋坐回去復沉寂無聲。即使側側一瞥，她也清楚看到男人淡淡笑容裡的諷刺意味。美茵顯然跟丟了，向來擅長的小殷勤小道具，現在全曝光變成愚蠢二字。從機場到公司，佳瑋是如此陷在一場昏熱的災難中。

●

災難持續到傍晚她去茶間弄咖啡喝時，回身乍見男人站在她後面，嚇得一彈，那樣子把人家也嚇一跳。他很抱歉嚇到了她，詫異她像一隻小鹿或羚羊容易受驚嚇。幫她接過杯子倒咖啡，問她加不加糖和奶精，不加，又說加好了，兩顆糖。小小的茶間充塞他帶進來的菸味，開了一下午動腦會議，菸屍滿缸。菸味使佳瑋窒熱慌亂，想趕快逃離，男人卻擋在面前。

他對她說，哪天請你喝咖啡，這個，太差，向他那一杯什麼都不加的咖啡齜牙裂嘴。請你喝眞正的好咖啡，眞正的。睨眼看她，當她已經答應了他的，喏你講個時間，今晚不行，還要開會，今晚以外都行。

她覺得快被他身上散溢出來的菸和刮鬍水氣味燻昏過去，一陣嗆，咳嗽起來。

別緊張，別緊張，幫她拍背。

她揮散著空氣說，菸味好重。

他四處張望搜尋，發現是從自己身上來的，嗅了嗅，去把門敞開讓空氣流通。手抄在褲口袋裡皺著眉看她，不抽菸連聞到也不行？

她仍狼狽咳不停，喝了半杯水壓下去。

他搖頭歎息說，good girl。

好女孩，意思就是沒個性，過時的，不上道。她想他在嘲諷她，生氣他未免把她錯看了，就不理他，端起咖啡離開茶間走回位子。

●

星期六美茵把自己一張餐券給她叫她去吃，順帶做演講錄音。那家的自助餐有燻鮭魚，甜點有德式蛋糕，美茵慫恿著她。

公司連她去了四個人，電梯臨關上時夏杰甫搶進來，跟阿嵐他們嘻嘻哈哈的，她才知道他也同去。夏見到她就說，你還欠我一杯咖啡，壟斷的口氣，壟斷的態度。

阿嵐開車，唯一的女性坐前頭。男人們延續剛才的嘴皮遊戲，誰誇張朗讀著，珍惜所託一如親送，大家就笑。

一次又一次的託付，傳遞包裹文件任何人都會做，叉叉叉付出的卻是獨一無二的熱忱。眾一陣笑，影射他們都熟悉的某個女人。

即使收費實惠，如何贏得客戶的信任仍是我們最關心的，阿嵐也湊上一腳唸。

叉叉叉所努力呈現的，是服務，而非規模的大小，誰又唸，大家又笑，無視於佳瑋的存在。

她想起來，是UPS的廣告文案，接連兩個禮拜一在五家報紙刊登連續三頁全版廣告，報禁開後破天荒之舉。幾乎全版的留白乍以爲報紙漏印，妹妹這是咋啦，父親驚恐的問她，大概在疑忌共匪從島上哪裡登陸了，當局爲封鎖消息臨時抽掉版面之類。現在都是這樣呀，她對父親說。

程先生萬難相信，幾百萬吶，空空的個字沒有！

你們看，夏杰甫指著外面說，她像不像程佳瑋。

與他們車子平行開著的一輛公共汽車，車廂外一幅巴而可廣告，女人袒露肩頸，長髮挽起編成麻花繞在額頂的復古側面。知性，遊走，美，夏杰甫朗讀其上僅有的一行標字。

二月才開始掛的，年底還要做效益評估，不知道會不會全面性長期開放，阿嵐說。

放啦放啦。當初招牌底價每面兩千九百八，現在賣到一萬四他媽你還得排隊登記！

明日第五大媒體，誰發出預言。

佳瑋收回視線時回頭看了男人一眼。杰甫等她的眼睛等了好久終於等到，那是充滿著敵意和歡喜的眼睛。

●

是報紙為酬謝廣告商辦的活動，吃西餐，阿嵐幾人儘往後面坐，不好吃的話準備就溜了。演講大陸廣告的現狀，播放十五分鐘電視，都是過去兩年得獎的CF，太離譜，不斷引起嘩笑，意外一場聯歡會。夏杰甫只吃了沙拉和幾根四季豆，牛排一刀未動，表明菜太差，活動結束邀人另去吃小灶，都有事散了，剩下佳瑋，紅磚道上他們兩個人。夏杰甫很愉快，叫她佳瑋，好啦佳瑋，台北市你比我熟，哪裡好吃？

佳瑋露出驚惶的笑容，不知道。

不知道？杰甫嘲笑望她，帶她往前走。她卻永遠走在他的側後方，像上午十一點鐘太陽照射下的身影隨著身體。他為了等齊她而慢慢的走，遂愈走愈慢，愈長，破壞他從來流麗的節奏，因此產生出對四周景物似乎異色之感，這樣緩慢，這樣富裕。他停下來問她，想出來了沒，去哪裡吃？

啊一直在等她想，她以為他們正在去的路上，倏地紅上臉，左顧右盼。杰甫抽出手拉她肘過到馬路對面，招計程車時嘲笑她，不中用的佳瑋，跟我走嘍。

吃串燒，就是美茵帶她來吃過的同一家店。杰甫說，這裡，知道的才會來。點一客生牛肉，烤銀杏香菇柳葉魚鹽蝦肥腸小卷鱈魚湯，看住她說，喝 sakei，不准說不，good girl，就點了清酒。

她想扳回一城，頂抗他說，這裡我以前來過，是喝小麥燒。

哦？他很有滋味的看著她，笑說，跟何美茵來的？錯不了，她總是喝小麥燒。

她被他那種自信攪得沸亂，兩手去掩住耳朵，真的跟鍋子一樣燙。生來一對招風耳，雖然用髮型蓋住了，但處於不穩定狀態時，她就下意識要去確定它還在那裡且不曾被暴露。聽見他忽然溫柔下來對她用耳語的音調說，你很會臉紅噢……像你現在，這個動作，就很超現實。

她魂吃一驚急忙放下手，坐正直直怒視他。

我的意思是說，我喜歡。遞給她一串枝子上面有四顆烤銀杏。不說話，光臉紅不行的，把她當成一個病例細細審視著。講一句話給我聽，下達命令的語氣像在催眠她，講一句……

她說，你和美茵認識很久了？

唔，好女孩，他給她一個獎勵的眼神，碰杯喝酒。我們是老朋友啦。

她不高興他叫她好女孩，挑釁他，聽說你來台灣渡週末把馬子嘍？準備突破他的，卻先被自己驚訝住。

那麼你願不願意做我在台灣的女友呢？他用眞誠的口吻請求她，眞誠得過分，像是反諷。

她僵硬著哈哈哈笑起來，兩手不禁去摀耳朵。

放輕鬆，放輕鬆，他用溫存而堅持的眼光安撫她。我的意思是，眞正的咖啡，眞正的、女性朋友，眞正的。把她手從耳上拉下來握住，皺眉頭責備她，這麼冷的手，像冷血動物。

●

女孩有一種不在板眼上的應對，使夏杰甫慣熟的調情遊戲簡直難以爲繼。那冷澀並不是舒服的調門，營造出另外一種遊戲空間，在他還未論斷好或不好之前，卻很願意參與其中。憑他的職業敏感度，他已邁入都市劇場化的時代裡。愈來愈多區隔而隱密的場合提供人們舞臺，正如燒烤店提供給他的，在於一場完成自我表現和品鑑的樂趣。爲做好表演者同時做好自己的觀眾，他必須高度會意並體貼他共舞臺的這位對手，是的樂趣全在於自我風格展示的這個過程上。他順逆她，迎拒她，撤弦易調隨她的新腔共步起舞，榮耀光華最後都歸於他。

He's Trouble。But He's Finally Met His Match。他是麻煩，但是最後他遇到了對手。

香水廣告海報上的男女，左邊酒店景深裡男人倚在吧前，海報右半邊是女人和她的香水Trouble，麻煩。The Self-made Woman，自主的女人，她比他更麻煩不好惹。

夏杰甫經過她們工作間時停下，欣賞貼在室內的這張香水海報。女孩們跟他招呼，他做出不敢越雷池一步的尊重狀，笑指那幅廣告，這是你們的宣言嘍，見眾不解補充說，新女性的擁護者，不敢得罪，不敢得罪，謙虛的退走。

都是講給佳瑋一個人聽的，但她至終沉著臉一眼也不看他。

●

前天吃完串燒他堅持計程車送她到巷口，原車折回開走不知去哪裡，傍晚馬路邊吊著白塑膠缸做成的燈籠早早已亮起，缸上漆紅寫著洗車兩個大字。他車遠遠沒入不見，通往很大一塊她所不識的範圍，但她相信他在那裡會惦記她很快來連絡。當時她的信心是這麼強，整晚上一直在電話機的暴風半徑內活動。乃至程先生夫婦都覺得不習慣，妹妹啊這些我來收拾，你回房休息……妹妹啊你不回房聽音樂……妹妹啊……用他們不安且軟弱的眼光把她推回房間裡。

星期天她仍執拗在等，電話響時她跑過去搶接，李平的聲音，約她去看電影。不去，她一股腦遷怒到李平身上，掛斷。電話又打來，你怎麼啦，李平問她。

煩，煩，煩。

李平噤聲了半天才說，怎麼回事？

情緒問題。佳瑋嘆口氣算了，沒事，現在不想講話而已。

李平聽她話不再吵她。

第一次，她主動撥電話給美茵，意料之中不在家。她深沉坐在電話機旁，推想夏會在哪裡，愕然發覺自己對外面世界所知的竟是這樣少。第一次，她發現居住的這個城市，只因爲他在那裡面，整個城市忽然從模糊中現出了面貌與她貼近。夏杰甫 Jeffrey Hsia。是的那個不知名人物他叫做JJ王子，從地平線上走出，又像從雪夜極深極靜的核心走出，一身黑色斗篷融入黑的背景看不見，因此只有露出斗篷的一點點臉是白色，像眾多雪花中的一朵雪花，走到近前，才看見閃現出星芒的黑色瞳仁。JJ王子從三十年後的二十一世紀來到現在，找尋在那個時代已經沒有了的薰衣草……

黃昏降臨陽臺一切建築變成天的沉澱物時，她知道他不會來電話了，對著沒有亮燈的鏡子前面暢痛哭起來。

●

早晨她打開報紙，UPS赫赫再現，跨兩頁全版的大量留白好像夏忽然現身給她一個驚喜。三波UPS有效到達，都是每個星期的第一個上班日刊登，她跟自己下賭，若有第四波必定是出現在下個禮拜一。

她精神激亢來到公司，看見夏在會議室並沒有消失，又放心，又淒涼。她密切注意他，卻極力避免跟他遇見，公司像迷宮遊樂場的隔間設計正宜於她此時的祕密活動。有一趟她就隱在一塊立板的背側驚險萬狀讓他通過，聞見留下的菸草味久久不散。他抽淡的萬寶路，專心工作，一切像是根本沒有發生過，使她迷惘。但他在阿嵐房間和另外一名ACD討論事情沉思的樣子，又讓她發現，專心工作時的男人比任何時刻都更具魅惑力，強烈折動她使她淚水漲滿胸膛。她絕對不曾料想他會特意繞經她們這裡，丟下一些風馬牛話，而只有她知道那是對她的獨白。

香水廣告上的女人，她抬起頭去看，當初只是喜歡那張設計隨便釘在那裡，Trouble，此時有了嶄新的意義那女人生出熠熠光芒。她去洗手間沖臉，看見鏡中人笑意盎然的沒有被沖掉，便一下下用力撫平笑容直到看不出來為止。閃避男人一天，不料瞬息疏忽就在狹道上遇見，聽他低沉對她說，佳瑋妳生氣了？

她生不生氣他也要壟斷！佳瑋怨怒的抬起眼看他。

杰甫柔聲說，來，我們喝杯咖啡。領她走到茶間，一邊撫視她，一邊選了隻馬克杯，在水龍頭底下把杯口洗淨，再用熱水燙一遍暖杯，才倒滿咖啡，加奶精，兩顆糖，細細攪拌，靜待她平息下來。像醫生對待病人的權威態度下令她，笑一笑，見她笑了，點頭稱許她。說，我晚上九點的飛機回，去不去機場送我？

仍然是過於自信的，使她想要抗逆他，卻顫搐的笑起來說，這兩天放假你都去哪裡了？哪裡也沒去，都在工作，傷腦筋。原來你氣這個，我應該打電話給你。攬一攬她肩表示道歉，當作她已允諾了要去送他，我們叫一部的士到機場。

小岳呢？他不開車送？

小岳開車，累不累啊，他嘲笑說，將她頭髮揉亂，像小時候佳柏寵待她，看她眞是個可憐小東西。

●

他們往機場去的路上，杰甫一直握住她手，叫她兩棲類，把手放在他的薄外套口袋裡撫暖。有時埋進她髮梢裡嗅，問她用什麼洗髮精，海倫仙度絲，他皺皺眉，寶齡的產品他絕對不用，以抵制寶齡廣告部那本專門扼殺創意人才的寶齡聖經。有時一斜倒在她肩膀，翻著眼睛放肆的仰視她，直到她臉紅進衣服領子裡。有時把她手拉出來搗在胸口，借外套的領襟包住她手，好像害怕她會忽然遺失了。有時嗅進她髮根底下的耳朵，她的招風耳她就躲開，他嗅上來，直把她逼到窗玻璃上才直回去坐好。車過機場地下道時，他嘴潤上她的柔韌輾過一番，呢喃下令說，下車啦佳瑋。

來香港的話打電話給我，杰甫說。就送到這裡罷，我看你走。

拜。佳瑋轉身走了，拚足精神把她離去的一段長長的背影走成絕響，要教他至少永遠記得這個姿態，她連頭也不回的走出機場大廳。終於結束了沸騰混亂的日子，她感到前所未有輕鬆下來，以及隨之而起的疲憊和虛弱，在回程車上沉沉睡著了。

4

程先生喊佳瑋起床時，她正在半夢半醒之間，那裡充滿了淡的萬寶路的菸味，JJ王子從三十年後的二十一世紀來到現在，尋找在那個時代已經沒有了的萬寶路菸……是的萬寶路牛仔朝黃金燦爛的夕陽已經跑了二十年，將永恒跑下去，不會衰老……她醒來，有一剎那，確信夏杰甫就在身邊，臂膀若垂天之翼實實覆住她。然後她醒來，聽見敲門，妹妹起床啦，妹妹……她答應父親一聲，翻身埋進枕頭想再回去那個豐美的世界裡，回不去了。聽見怪手在挖山，載滿泥土的卡車駛下坡。樓底準是才拿到駕照的徐老三倒車出位時又撞到誰家的車子了，警報系統嗶嗶嗶叫起來。樓上浴廁廢水從牆壁裡面的水管通過，發出活活聲。客廳鐵柵門嗤鋃鋃拉開，母親練完外丹功回來了。又一天的開始正以洶洶噪音往前直去……

程太太脫掉粉紅球鞋進門，一套粉藍壓嵌粉紫圖形的運動衣褲，那種年輕式樣一看就是穿女兒的。自從佳瑋忽然厭棄這些柔稚的日本色系再也不穿它們以後，程太太出於惜物本能都接收了過來，寧願忍受不合年齡穿著的怪異感覺，也不可以浪費。程太太總是行動迅速的，把燒餅油條取出，一袋鹹豆腐腦打開倒進碗裡撒兩滴麻油，煎隻外焦內稀的荷包蛋，這是程先生的早餐。再煎兩隻油泡蛋，蛋黃要老，蛋白要嫩，碟邊放撮精鹽沾吃，一個葡萄柚對半切開，挖鬆加匙蜂蜜，兩套蘇打餅干夾契司，一杯利普頓紅茶，這是佳瑋的。程太太自己或者把昨晚剩下的餃子煎一煎，或者將父女倆沒吃完的三兩口吃淨，或者只是坐對面看他們吃，隨時清理灑在桌面的碎屑，即使一粒芝麻也不放過，拈起遞給齒尖嚼嚼嚼，看著女兒埋頭在早餐跟報紙裡，這是程太太的滿足。但今天佳瑋卻蔫蔫的。好幾天了，一下子亢奮，一下子悶聲不吭，一下子像更年期的紅潮症把臉漲得熱燙不可收拾，這下又像牛反芻，儘在嘴巴裡磨嚼食物。程太太忍不住斥喝她，妹妹吃東西不要老張著嘴嚼，難看。

佳瑋一驚停住吃，程先生嘿嘿嘿含糊笑起來緩和程太太的氣語。佳瑋眼一陣濕，吃不下去，推開椅子走了。

夫婦倆愕然。程先生不表贊同的直嘆氣，惹火了程太太，我這樣說也錯啦！

程先生很苦惱，擦著腦門擦出委婉的諫言，女孩大了，心也大了，跟她用說的，是個人嘍，用說的嘛，說得通的。

你當她是人，我當她孩猻兒，人模人樣，不曉心在想什麼。

●

昨是今非，今是昨非。夏杰甫的幾日來去，似乎賦予了佳瑋另一雙眼睛來看這個世界。在這之前，她不知道自己長得醜或不醜，醜跟美那都是別人看她。但這以後，有一雙JJ王子的眼睛在看她，那雙眼睛是客觀的卻奇怪也是她自己的，看著自己。她活了二十幾年一片渾沌，還不如這幾天活過的，連氣味，連幽微的呼吸，連走動時變幻的光影，都映象式的刻入她記憶之中，歷歷在前。而今，她看著居住的這個家，每天清早程太太練外丹功時，程先生便也爬起床，先灌下一杯五百CC的涼開水謂之清腸洗肚，然後在客廳甩手臂，前後共甩七百二十下，隨之靜坐沙發上一刻鐘，待汗晾乾，嘩嘩上完廁所，程太太正好回來。每晚睡前程先生摘下假牙刷洗兩百下後，做眼鼻耳按摩，也各有數目。最近開始集報紙印花，年底集滿九十張可換一本精美日曆記事簿。這時候程先生要泡茶，費力壓了半天熱水壺也不出水，程太太把他推開，一看指標水都光了，一面加水一面咬牙切齒恨程先生，只會用水不會添水，講死了也不改。程先生去包了兩個銅鑼燒塞給佳瑋，哄她妹妹，帶著吧……佳瑋跑下樓，跑出房子，強烈渴望去到公司，爲此刻她高騰飛揚的魂靈找到可棲身落地之處。

●

一切已經在峰頂了……於今要的，只是一點點心神蕩漾的刺激，和一種被什麼征服的感覺……一種口味上的出軌，偶爾的外遇——寇帝黑茄菸。

廣告上栗棕而暖橙的辦公室，男人側面坐於皮沙發裡，女人斜支著坐在棕厚木桌上，剪裁高級的上身和短裙，兩腿修長交倚，啓開打火機爲男人點菸。幽祕暗影中，烏金頭髮的男人熨貼如緞，女人一把惺忪全攏到半邊披下，吃光燒得蓬濛輝煌。

一種口味上的出軌，美茵的最新口頭禪。美茵住處附近原來一家青年商店加盟了安賓am/pm，午夜過後是老闆的表侄管店，十八歲唸商校夜間部，沒見過做事那麼清秀的男孩。眼睛像剪紙民藝裡雙翦瞳仁，烏沉潔白的，靜若處子。美茵付賬時，定定的戲看他，果然把他看得打錯一個價目，臉直紅入眼底像平劇裡的旦角。眞是稀有動物，美茵說。她回家經過，隔街看著透亮的店裡，天轉涼他套上一件V字領毛線背心，十足古典的。蕭瑟秋夜街角的一面大櫥窗，她就這樣駐足看了一會兒，並不想進去擾亂他，唉那是一種口味上的出軌，美茵說，感覺上眞好。搞不好我未來老公是他，太陰坐夫妻宮，像不像他，美茵嘲弄自己的說，不過我看他八成是gay。

夏杰甫呢？有沒有看過他的命盤？佳瑋淡然問。

美茵叫他港仔，下次來幫他排排看，他老婆在連卡佛當經理還是什麼，反正很大。他們的CF和海報都很棒，連卡佛的誘惑，We Are Temptation，好像是李奧貝納做的。五年前去香港，連卡佛，只有看的份，買不起，上次去就給它來個大報仇，買喔買喔，台幣簡直太好用啦。

他們結婚多久了？佳瑋問。

女兒唸幼稚園了罷。這次託我幫他老婆的姑媽買一盒蛋黃酥，指名要豐原寶泉的，我還眞的開兩小時車去買不成，給他一盒郭元益打混，對得起他啦。注視佳瑋片刻，恫嚇她，當心他把你。

佳瑋詫笑起來去搗住兩耳，怎麼會，怎麼會！

美茵哼哼笑說，怎麼不會，一種口味上的出軌。

●

與美茵交往多年，也從未像今天，佳瑋變得這麼在意和緊張。美茵是她想得到更多JJ王子訊息的主要來源，她眼觀四面，耳聽八方，任何一點疑似的聲光音節，都使她不能自禁要傾斜過去。她變得對生活裡某一小部份極度敏銳的發展上去，而對絕大部份卻遲鈍不收播。因此她總是面目糊滯跟人在講話，工作，咀嚼食物。借故到業務部美茵那邊走一下回來，或繞經阿嵐他們房間外面去茶間盥洗室，製造機會加入一場腦力激盪或打屁，冀望能從紅茶廣告的企劃案中搜集到有關ＪＪ王子的足跡。

她開始畫ＪＪ王子，勾勒出髮型和臉，神父領白襯衫，獵裝式外套，帶褶的肥寬褲，天冷的話加件風衣，搭一條圍巾垂在兩襟。她讓臉空白沒有五官，害怕洩露出心底的祕密。她在簿子上畫，碎紙片，書頁底，報刊邊上畫。李平約她出來吃牛排，她在餐巾紙上畫。ＪＪ王子第一次出現在這個都市是秋天的夜裡，隔街看著對面唯一燈火通明的商店安賓，潔亮如鏡，守店的是一個年輕女孩，她叫美美。她開始畫美美。美美聽見自動門撤開，走進來俊逸的男人，要一包淡的萬寶路。美美返身去拿，只剩下紅牌子的，抱歉賣完了，換別種可以嗎？男人看著她，他只要淡的萬寶路……她聽見鐺鐺響，李平用叉子敲她的盤子，醒來，抬眼望李平。李平問她，你認爲怎麼樣？

佳瑋肯定的點點頭，雖然她完全不知道李平跟她說了些什麼，她首肯了什麼，見李平仍繼續說下去。是房子的事，李平父親玩股票已買了一棟房子，現在在新店又買第二棟，預備款父親付，銀行貸款百分之七十，利息七釐每月一萬六李平繳付，買給他結婚住的。十五年繳清，前面是付利息多，本金少，愈往後付利息少，本金多，這樣當然是對銀行比較有利囉……李平很興奮，希望佳瑋來幫他設計佈置，最好都用原木裝潢，啊他從小就夢想有一棟西部的小木屋，問佳瑋好不好？

佳瑋輕蔑說，弄出來還不又是個廉價啤酒屋。

李平盤算著，每月薪水繳掉一半，姐姐幫他打一個會五千，車現在是開老爸的喜美，明年想換一部奧斯汀。他吃牛排，總是先把肉割成一丁一丁之後再吃，小吃到大。佳瑋的哲學不同，大吃到小，好吃到壞。故此兩人也曾因爲新疆葡萄的吃法鬧翻過，李平主張先吃壞後吃好，愈吃愈有嚮往，佳瑋則堅持先吃好後吃壞，這樣就每次都是吃到當中你所認爲最好的。兩種觀念誰不讓誰，佳瑋又非要李平依她，李平不依，佳瑋忽然起身把葡萄拿出去扔了，回屋不再理他。令他非常詫異，不是才有說有笑扯得開心，翻臉跟翻書一樣。

情緒問題，這是佳瑋每次對他不合理行動的最終解釋。這時候他頂好保持緘默避開，靜待她回心轉意收起猬刺。他忍受著這份甜蜜的折磨，經年累月，形成他們之間一種慣性。情緒問題，有時候也是佳瑋生理週期的代名詞，那麼連理由都不必了，李平呵護她像一組精緻的蘇格蘭骨瓷。

●

禮拜一的清早，佳瑋顫慄抖開報紙，老天UPS果然跨頁全版又現，珍惜所託，一如親送。連接四個星期的第一個上班日刊出，她贏了。賭下次出現，她去查月曆，十四號禮拜一非假日，若是贏，她要好好犒賞自己吃頓串燒，喝清酒。來到公司，無意間聽聞夏杰甫週五要來，青天霹靂，她懷疑聽錯了或妄想症，費心找到機會不經意的向阿嵐探問，杰甫來例行公事而已。文案的死期到，阿嵐趕工開了整夜夜車，火氣頗大。

佳瑋相信夏杰甫這趟來是為了她，念及此，她幾乎害怕起來，又想走避，又想義無反顧直去赴難。索性一頭鑽進JJ王子與美美的世界裡，畫個不停。香港簽證快到期了，程太太決定放棄佳瑋，叫佳柏訂下兩張機票，到香港直飛南京。佳瑋從那個世界又回到這裡來時，發覺事實仍在，她仍徬徨一無改變。她的招風耳還是招風耳，想換換髮型也不行，只好下班後去護了個三百二十元的髮。又去流行頻道買衣服，秋裝大減價，新的眼光也是JJ王子的眼光，她斷絕過去那種典潔少女式的裝束，改選以成熟，知性，率直。若去接機的話她要叫夏杰甫刮目相看，別認定她就是淑女乖乖牌。

●

早晨她穿上新衣照鏡子，變了個人，有點怯場起來，提足了氣上陣。

程先生沒看出女兒有何不同，吃著燒餅高興的佐證，有位老長官八十八歲了，每天一早起床喝杯冰冷飲，且冬天洗冷水澡，這樣可以活到一百三十歲。程太太打量佳瑋，嫌墊肩太寬，像打橄欖球的，問多少錢，佳瑋照打過折之後的價錢還少報三分之一。

咋貴？程先生很驚訝。

差不多，程太太估計著。

程先生讚美女兒的新衣，打橫一大塊，時興呵。

週末去選幾件雪衣或夾克，帶去大陸給你們表哥表姊，程太太約佳瑋。

不行，要加班，叫王以娟陪你去逛嘛。

啊喲你嫂嫂！程太太至今沒辦法糾正佳瑋連名帶姓的喊嫂嫂，聽著眞是刺耳。我每次在還價，你嫂嫂就扯我後腿，幫人家來剿我，我再不要跟她去買東西的。

佳瑋自有一套看起來沒化過妝的化妝法，先拍一遍收斂水，抹上乳液後再抹一層隔離霜，不撲粉，不畫眉毛眼線眼影，改用睫毛膏捲一捲睫毛，眉刷將眉撫順，最後用蜜粉鋪唇，塗上口油和口紅。她也少化妝，除非好心情的日子出門，打扮只爲取悅自己。但她今天卻頂著這樣一張凝香的臉去上班，內裡是搖晃冒熱的，勉力用意志鎭壓住。因此當她看似埋頭作業，其實焦灼在等待或者美茵又來叫她去機場接人，而一整天已經過去的時候，她全部的想像包括激進和退縮的，一概落空。

佳瑋決定去香港。

那是她在做色稿時，聽見夏杰甫不來台北去了東京。她連連毀棄了十一張兩百磅道林紙後，慘灰的對自己說，這裡不能活了，不能活了，她必須去香港找到JJ王子。生活中每一秒刻變得如此難耐。

她陪母親上街購物。一家皮箱店推出探親袋七折優待，袋子兩疊折拉開比半人還高。他們選了兩件羽絨雪衣，去外銷成衣又買了十件男女毛衣，三件石洗牛仔夾克。程太太精挑細選，定要佳瑋幫忙看，佳瑋也疲了，反正送給落後地區的，那麼挑幹什麼。煩瑣積壓到百貨公司裡，程太太在櫃枱不厭其煩詢問純羊毛內衣褲的款樣大小，打算買男女的各一套。佳瑋終於表示了不滿，這麼貴，爸跟你也沒穿過這種純羊毛。

這裡氣候穿不上，程太太說，他們那邊冷，有一件穿裡面抵好幾件。

那麼貴的給他們穿，穿在裡面又看不見，又不識貨，浪費。

暖啊，程太太微弱的堅持著。

還不如買穿在外面看得見的，他們才喜歡，你這個純羊毛給他們，灰不灰白不白，還以爲是我們穿過不要的舊衣服呢。

程太太聽她勸算了，卻磨蹭轉去選皮夾和皮帶。天啊那是 Dupont，佳瑋激動的說，媽拜託，你要買給誰呀！

我看看，又沒說要買。程太太被女兒的冷嘲熱諷攪得心虛又懊喪，賭氣不逛了，拖著大包小包走出去。佳瑋跟後面拉著轆轆滾走的一袋子毛衣，爲母親如此搞不清楚而感到十分灰心。

十四號星期一，第五波UPS跨頁全版出現，佳瑋想念JJ王子哭起來，掩埋在油墨香和紙腥的UPS的大幅留白裡把淚淌淨。跟公司請了兩個禮拜探親假，這邊就說有佳柏陪母親進去，她打算留在香港玩。為此程太太很不能諒解，都到了家門口怎麼不進去，母女又嘔氣起來。

佳瑋對母親的那些誰誰誰，一海票沒有面孔的親友，既無興趣，也不想認識。南京上海對她而言，永不及雜誌上看來的東京，涉谷，代官山法國式刷白的蛋糕屋，青山路西武的無印良品店，以及遙遠希臘的蜜克諾絲島，澄藍地中海無浪無雲，島鎮全部漆成白壁白牆迷宮一樣錯落繁複的街道小屋，都比那兩座老大灰舊的城市對她有感情。她一點也不想介入母親的鄉愁中。

走前一晚打包行李，佳柏跟嫂嫂來家裡幫看。佳柏輕舟簡便一個揹包而已。程先生寫了信和兩筆錢託佳柏，到那裡寄給淮陰的二哥與鄭州的大弟。南京北去淮陰不遠，但此行程太太並無意繞訪程先生那邊，他們在台灣由同事介紹結的婚，公婆沒見過。

程太太恨不得能帶走的都帶，準備到香港再買一批玩具糖果旁氏面霜。程太太把灰雜髮染得烏黑，早前牙也修補了一番，打算帶兩架彩電進去，一對兒女同行，浩浩蕩蕩返鄉。程先生酸酸的滿不是味道，從開頭便抱以不聞不問杯葛的態度，酸不過了把鼻子吭兩聲。就像他現在，無視於屋裡一團忙亂，戴耳機聽著平劇，袖手逛前逛後，有時朝那一座巍峨的探親袋蹙眉搖頭，深表蔑視。

佳瑋管自己的行李，地氈和睡鋪上陳列著一套套搭配好的服裝預備裝箱。她不再戴很多飾物，當你超過二十歲，就無法再以飾物來表現女性美，ＪＪ王子對她說，簡單即美。她把化妝品取出列在地上一堆，蘭寇眼霜、雅頓晚霜、21日臉霜和乳液，都是嫂嫂國外回來送給她跟母親的，母親的那一份往往就轉給了她。她還年輕，並不迫切覺得需要保養，因此大多仍封裝未拆，當做悅目的藝品保存著。很晚了，嫂嫂探頭進來跟她道再見離去時，她就那樣坐在一屋子衣攤當中，面對腳丫前一列瓶瓶罐罐發呆。到底她只要帶那支淡紅色的香奈兒就好，還是把那支較紅的瑪麗關也帶去，還是另一支有點螢光亮的幽蘭。她陷入口紅揀選的泥淖裡無法動彈，其實是在延宕與ＪＪ王子共同鑑色的評選過程，其間微差，對別人來說極小，對他們來說極大，一種以前未曾經驗過的，苦澀的樂趣。

5

秋末太陽一下山便驟涼下來的黃昏，他們住進帝后酒店。老式的旅館，雙人房大得可以做有氧舞蹈，兩個月前嫂嫂已訂了，三人混一間。落下行李，佳柏就按嫂嫂給的旅行社電話連絡去領台胞證和機票。佳瑋叫哥哥幫她依名片上的號碼撥一個過去，接通了給她，夏杰甫在嗎？

對方的英文改口爲國語，杰甫今天沒有來，濃濃的廣東腔。

明天會來嗎？會的。

佳瑋掛掉電話，如釋重負笑了，至少現在到明天早上之間她是自由的。她不明瞭，爲什麼想要見面與想要閃避的渴望，同樣是如此強烈，難以分出輕重。她眞高興，短瞬的今日明日她暫時不必去想它。像得到一次額外的赦免，使她忽然對母親和哥哥感到歉意，好興致的拉著母親隨佳柏去旅行社，在金巴利道。多好笑的街名，他們住處所在的地方，麼地道，漆咸道，這裡就是香港，東方之珠，JJ王子居住的城市。

●

程太太仍然要買一條眞皮皮帶和皮夾，合台幣約六千塊，豁出去了，執意買下。佳柏不可置信望向佳瑋，佳瑋點著頭用無奈的眼神回答哥哥，就是這樣呀。

佳柏去付賬，程太太盯住店員把禮物特別包裝好，鄭重的樣子令佳瑋好奇起來，給姨丈的？

給一位孫先生，程太太說，媽媽在鼓樓中心小學教書時的同事。

夜裡他們把兩張一蓆半大的床合併做一處，程太太睡裡側靠近浴室，各自都很當心空出距離保持拘束的臥姿，暗默裡聽見彼此謹愼呼吸著。不一刻佳柏就睡著了，背對佳瑋，呼嚕嚕打鼾像一隻大貍貓。久久，佳瑋嘆了一口氣。

還沒睡？程太太啞聲說。

唔。佳瑋轉頭看母親，睜著眼，也沒睡。

妹妹你一個人留這裡，行麼。

唔。

黑暗吃掉歲月的痕跡，程太太一廓側臉秀薄得像小女孩。佳瑋說，你跟爸結婚的時候幾歲啊？

二十八。

哦？

民國四二年認識，四三年光復節結婚。

生我都好老了。

是啊，媽屬虎。虎很沖。

唔。

我們小時在家，生小貓都不讓屬虎的看。

哦？

沖啊，虎跟誰都沖，母貓要搬家，不然就把小貓吃了。

佳瑋去摳母親眼下的一顆痣。

淚痣，程太太說。睡了吧。

上午佳柏的朋友黃瀾來，帶他們坐地鐵去中環大華國貨，買兩架樂聲彩色電視，直接南京提貨。中午請他們飲茶，程太太拜託黃瀾照顧佳瑋，說她內向，嘴巴禿，老實不知世故，一堆褒貶兩可的話出籠。下午五點港龍班機，臨時程太太又嫌佳瑋的揹袋光是一顆按扣，沒有拉鍊和夾層，錢包浮在裡面好容易被扒，力主去買一隻新的，爭論到最後必須走了，程太太堅持把自己那隻牢靠的黑包包換給佳瑋，這樣才算放心似的離去。

●

現在，任何可能性都會發生的未來十天，都在她手中了，太奢侈。令她害怕，她得緩一緩，充分預備。

下半天，她把尖沙咀大街小巷就走光了。一切如她從黛雜誌錄影帶和港片裡所看到的尖沙咀差不多，並無意外，不過是把實景與她腦中的圖像重合而已。所以第二天她繼續依圖索景走完尖東，在梳利士巴利道被曠寒大風吹得腳不著地飄著走，隔海望去的香港正是一切明信片和觀光指南上所看到的香港。搭地鐵去對岸，從地底鑽出來，置身在帷幕玻璃的縱深峽谷中，太陽光於其間反射曝照，一片眩目，她也不吃驚，覺得那只是腦中熟悉的新宿圖照的香港版罷了。然後她轉上黃瀾昨天帶他們走過的德輔道，停在一棟大廈前面，褐黑磨石壁打滑得鑑人，上面銅金厚重兩個阿拉伯數字，烙燙她視覺的發出硝煙，啊這裡就是了。只要她乘電梯登上十五樓，就立刻會看到JJ王子，他坐在水晶透明的辦公室裡，海洋映進來的蔚藍波光滿室輕晃，他的眼睛就在瀲灩深處看著她。

她趕快逃開，懷抱一個怦然跳動的祕密。走過域多利皇后街，上天橋穿入一座金碧輝煌購物大廳，下扶手電梯，出來沿岸邊到天星碼頭渡船回九龍，她的祕密喜悅已長大成人，蹦出她身體，推她到電話前面打給夏杰甫。

不在，她留下姓名和口信請他回電。斜倚床上，房間已打掃過，窗簾重新拉回去，落西的霞光從簾底毛絨絨鑽進屋來，桃金色一長條鋪在地毯上。此刻祕密就匍匐在那裡窺伺她，幽暗室內只有低低的床頭燈自側方仰照上來，明暝分際，她與祕密相視詭魅的笑了。

矇矓將睡時，電話鈴大響，她反射動作沒等第二響已抓起電話筒，喂——是黃瀾，被她過於快速的接聽嚇了一跳，結巴著問候，上午曾掛電話來她不在。

佳瑋謝謝他，說有朋友陪她，報告了一下行蹤，明天他們計劃要去海洋公園太平山，再來會去澳門和離島玩。

黃瀾釋脫重負，語調也殷勤了，一再致意有什麼問題隨時給他電話。

佳瑋拉開落地窗簾，霓虹燈像繁星已升起。忽然有一種我倆沒有明天的放蕩感，她決定出去大吃一餐。

●

第二天夏杰甫打電話來，語氣淡淡，問她幾時來的，來玩？

探親，佳瑋說。

跟你父親？

我媽媽和我哥。

什麼時候上去？

手續有問題，在等。

是嗎。

佳瑋惘惘的說，不知道辦得出來辦不出來，去南京。

怎麼樣香港比台北怎麼樣，夏杰甫的聲音陡然一翻提高。

佳瑋聽見他恢復了她所熟悉的那種口氣，異地重逢，格外怨懟。

夏杰甫說，shopping 嘍。

又是他對她才有的嘲諷口吻，給她一股暖寵的感覺。

這樣嘍，我再打電話給你吧，夏杰甫說。

拜。片面終止談話，令她愣愣一征。

Anyway，你還欠我一杯咖啡。拜拜。

明明是他欠她一杯咖啡，他卻永遠說她欠他，這就是JJ王子的語法，無人可抗拒。

她認定他下班前會來電話約她吃飯喝咖啡，整裝以待，過了九點實在餓不過，跑出去就近吃了一碗魚蛋河粉趕回來，問櫃枱沒有口信。第三天她在屋裡做韻律操，兩餐吃掉一些契司牛角麵包，小藍莓派和無翼鳥果。第四天她整日看電視。第五天她睡了又醒，醒了又睡，腦袋脹得爆裂，去藥房買頭痛錠吃，喝一大杯現榨橙汁當晚飯，回來坐在落地窗前，想前想後。高樓上看出去的尖東，遠遠近近一座一座霓虹燈，像平地上住著人家，開窗走過去可到。她這樣看著一家家的燈火熄掉，救護車嗚哇嗚哇扯破長夜，大地邊緣漸漸現出了輪廓。涼徹夜，身體暖不回來了，裡面倒是焚熱的，像有時趕圖，到了早晨反常得清醒，人變得透明。她以極苦極熾的烈焰把自己燒成一隻蘇格蘭的骨瓷咖啡杯。

這是第六天早上，她清醒了過來，看見可憐的自己。

●

佳瑋走出酒店，晨光當面射下，一陣噁心，淌了層虛汗，腳下一凸一陷浮走著。口渴去水果店榨了杯橙汁，仍渴，再剖一顆椰子喝，眩冷的晨風裡顫伶伶從骨頭寒出來。聖誕新年大興奮！報紙廣告上重重的驚歎號呼籲著，為什麼呢？新世界中心聖誕新年幸運大抽獎！她思之良久，仍不得其解。穿過地鐵站兩壁幻燈廣告的廊道，彼端萬寶路牛仔正馳馬渡越溪山，濺起飛沫如雪。往中環的電車迎面風掣來，停住。她突然明白，原來聖誕節快到了，顧客於新世界中心購物滿五十元即可換取抽獎券九張，頭獎一名，五十鈴全新駿馬，現在是十一月底將入冬了啊。

她無目的蕩到四天前她來過的商廈底下，那個曾經發出煙硝的門牌號碼，如今看來恍如隔世。找到一座公共電話亭進去，封閉的玻璃箱外流動著無聲無息人潮，她開始撥號。謝謝，請接夏杰甫。

電話轉過去有一會兒，夏杰甫來接，哈囉我是杰甫。清晰明快特屬於辦公室的音質，她不認識了，折動她使她更變得卑微，眼淚兩行滾下。

喂，我是夏杰甫。那邊改用國語說。

在那蔚藍和水晶的菁英世界裡沒有她的位子，她掛斷了電話。

●

是佳瑋，夏杰甫對自己說。

那天看到便條冊上她的名字和留言，心一訝，這麼快就來找他了。在他還沒有感到高興不高興之前，警戒的本能已先佔領了他。trouble，他是麻煩，但是最後他遇到了對手，她比他更麻煩不好惹。

他不悅起來，遊戲已經結束，拜託這是遊戲的默契和不成文法！認眞的遊戲，認眞的工作，不同時候扮演不同角色，絕對不拖泥帶水，從容而漂亮，這就是本事，頂尖。在這裡，苦相是不被允許的。當然要認眞，那意味著專業，但過分認眞必然就成苦相，那比失敗還更不可原諒。不怕輸，只要輸得羽扇綸巾，哪個遊戲不是沒有輸贏的。

女孩是好女孩，然而那是在台灣的時候，異域情調，他十分願意與之同步。現在，回到他的頻道裡，女孩的過分認眞變得極不賞心悅目，出狀況要他來解決。他回電話給她，女孩仍然那種慢半拍的節奏，台灣的節奏。

但女孩淡淡的態度解除了他武裝。可愛的佳瑋，領悟得挺快，她當會越來越了解他們之間的往來方式。

他並不要改變她，恰好相反，她的特色就是她臉紅時總要去掩住兩耳，以及她隨時像處在一種晃盪不確定的情態之中，都叫他感到有趣。女孩當學會如何在危機的邊際拿捏關係，而使一切行之於輕鬆適意。她將會明白，這是唯一能夠常保新鮮的不二法門。

他的確願意與她保持這種適度認眞遊戲的長久關係，他自信做得到。事實上，他與很多完全不同的女性保持關係，有的也許上床，有的根本不。如今，他採取的第一個步驟是疏遠佳瑋，不見她，至少在香港，這次，不見。

●

佳瑋病倒了。第八天的晚上，她請求JJ王子告訴她眞相。

啊美美，JJ王子說，終將是到了要告訴你的時候了，這之後你必須回來，否則你會變成一個時間的流浪者，在過去未來現在之間永遠漂泊沒有出口……那麼美美，閉上你的眼睛，讓我們倒回去到那一天吧……一切從那一天我到店裡跟你買淡的萬寶路的夜晚開始……我是未來人活在二十一世紀的二〇年代，彼時吹起一股復古風，正如火如荼向上個世紀末借流行，舉凡服飾、家具、骨董、餐廳、社交場所，無一不是爲一九八〇年代而瘋狂……我來是爲找萬寶路配方，那種白色包裝輕淡口味的。李奧貝納的萬寶路世界是一個偉大的創意，在我們那個時代因爲某種緣故已經消失了……美美我和你，在借來的時空裡遇見，現在必須還回去了。我們雖然還會再見，只是你並不知道我，所發生的這一切你將全部遺忘。美美你不要哭，一切都會遺忘。遺忘遺忘，遺忘的藻藍之海寂滅無聲將你覆沒……

美美，美美，有人在深海彼岸喊她美美，重重的拍門，揿門鈴。她奮力從躺了兩夜兩日塌陷的床窩裡爬起來，跌跌撞撞去開門。

是程太太和佳柏，提前回來了。

6

提前兩天回來，上海也沒去，本來還要提前，臨時改機票沒有位子。滿滿的去，精光光的回，香港一下機程太太就癱了。佳瑋重感冒，母女倆昏睡在床。佳柏每餐買回房間給他們，程太太只肯吃粥，翠景軒的元貝齋粥，豬肝粥，腰花粥，佳瑋只喝鮮果汁。

回來台北就是佳柏最興頭，滔滔發表見聞錄。十億人民九億賭，還有一億在跳舞，順口溜誦給程先生聽，十億人民九億商，團結起來對中央，中央聽了不害怕，來個全國大漲價。李平來看佳瑋，談起趙紫陽的兒子在西安電視機廠一次倒出一千台彩電，有人跟趙反映，趙說，你們要敢於抵制不正之風。還有鄧樸方的康樂公司，全國幾百家，偷漏稅，亂用殘疾募捐款。可不是，毛主席兒子上前線，林彪兒子去政變，鄧小平兒子搞欺騙，趙紫陽兒子倒彩電。兩人談熟朋友似的講得極開心，程先生插不上嘴，一朝新人一朝事呵，感嘆著。王以娟更搞不清他們男人口中的誰，寧願去翻閱公婆自古以來訂的《勝利之光》月刊。封面上至少有一個張曼玉，果然那兩顆兔牙不見了，是矯正之後的新照，香港影圈最後一個處女，標題這樣寫，騙人！王以娟憤憤的發出抗議。

啊？程先生探頭去看，哦張曼玉，程先生是認識她的。恰如帶著細迴的感情細閱過那些領袖蔣公與國軍的照片報導，程先生亦如同等暖絡的好意接納出現在《勝利之光》上的每月一星。遂與媳婦熱烈討論起來，兩代人，難得有一次共同的看法，都堅決認定張曼玉不該去矯正牙齒，應當保留她的小兔牙才有特色。

●

李平轉眼看不見佳瑋，去房間找她。敲門沒有人應，輕輕一轉門把子開了，寸寬縫裡見佳瑋擁著被單歪在睡鋪上，眼睛斜斜睨著他，放野的樣子鼓舞了他，推門進來，挨在鋪邊坐下。見佳瑋仍保持原來的姿勢，斜睨的目光，動也不動，他頑皮伸出手掌在佳瑋眼前揮搖，把她目光搖醒來向著他。

兩個禮拜沒看到你了，李平說，昨天我還夢見你喔。

佳瑋眼睛一塌闔上，無聊。

被子上攤開的一本書，李平翻過來一閱，《從紫微斗數看婚姻》，嘻嘻笑起來說，你看這個啊。

不可以嗎，佳瑋疲倦的闔著眼，不想與他爭辯。

可以可以。李平十分好心情，秋風掃落葉的大聲翻著書頁，看不出所以然，覺得那是女人的玩意，扔回床上。見佳瑋不理，又把書撿起來，危危放到佳瑋斜撐的肩臂上平衡著，也未能引她睜開眼睛看他。他臉逼前去，很近很近的看著她，要把她看得不好意思不得不張開眼睛。有一會兒，佳瑋的呼吸滾燙，髮根滲著汗，眉鼻之間痠紅得發熱，他終於看出她畢竟是感冒很重，完全無意與他廝纏的了。就把書從她肩上取下，拍拍她叫她睡吧。但她仍然不動，似乎又是要他陪她一刻。

門半開著，聽得見客廳佳柏在講話，屋裡有遊絲般捉摸不定的香氣。他隨手拾起放在陶灰色烤漆籃架上的一冊畫紙，帶我去吧月光，飛逸的花體字，翻開一張張看，JJ王子與美美。

佳瑋喊他李平，不要看。

你畫的？他看出了趣味，只顧往下看。

李平！佳瑋一把搶過來，氣得臉僵痹，把他駭住，不明白何以至此。他那無辜的樣子更激怒了佳瑋，忽拉站起身，連披帶裹拽著被單越下睡鋪，直出房間，去到程先生那間書房。

李平跟出來，一屋子人看著他，很委屈的，他把自己放進沙發裡，苦苦的嘆氣，佳柏給他點了支菸。王以娟想去房裡勸佳瑋，程先生攔住，理她，那性子！

佳柏也很無奈，陪李平搖頭嘆氣，只有他們男人才能深慟了解的，女人眞是一種麻煩極了的東西。

程太太自從回來以後，壓根不弄飯了。早晨也沒去練外丹功，一覺醒來九點鐘，眞不可思議，出來看程先生自己烤了四塊蟹殼黃吃，喝香片讀報，佳瑋房間深鎖還在睡。程太太虛虛坐了半刻鐘，喝兩口茶，回房裡復睡。

程先生沒見過程太大這樣晝寢，任憑家中荒廢，灶不暖茶不燙，行李敞在一邊也沒整理。平常佳瑋上班走後，程太太一刻也停不下來，洗衣服，拖地板，刷浴室，晒床被，蹲在櫥前面用膠帶黏拾地上的髮屑，用損壞的絲襪抹蠟給桌几椅子打亮，叫他幫忙移開電視機，看不到的枱面也一樣要上蠟。出出進進屋裡都是她的聲響，動靜有風，連她嘮叨他的，斥責他上完廁所又沒有開窗戶透氣，也不會把馬桶圈蓋扶上去，還有菸頭，長長一截灰就那樣擱在水箱邊緣，恨得她拈起來摔進垃圾桶。這些都變成程先生每天活著的一部份，連他被迫減少菸量，到後來限制在坐馬桶時可抽，他的挫折就報復在永遠不開窗子上，讓用過廁所之後的空間塞滿菸混合排洩物的怪氣味，遂從程太太切齒咀咒裡得到勝利的小快樂。這些鬥爭不知覺都已變成他活著的氣力來源，隨時，他只要把老花眼鏡又忘在水箱衛生紙盒上，或是一口假牙就放在洗臉枱邊忘記浸到杯子裡，皆足以讓程太太怨怒沖天。潛意識逆著她的規矩來，非她能樣樣自如，從這裡程先生得到了他的平衡。

如今一個上午，沒有程太太走動的屋子，突然空了。程先生聽見自己的心跳和呼吸在空屋裡造成回音，陌生而恐怖，只好不斷走來走去發出聲音。清喉嚨吐痰，嘩啦啦沖馬桶，邋塌塌拖步入臥室，跌坐床邊弄出震動，大口嘆息，希望把程太太吵醒來。漸漸卻攪怒了自己，最後對著屋子大聲吼，阿柏媽，什麼時候吃飯呐！

程太太蓬垢無力走出，錢包拿給程先生，叫他到路口吃麵，回來帶兩個排骨便當。

家裡沒吃的麼？程先生扭著眉深表不同意。

將就罷，程大太說，累得很呢，坐到沙發凳上萎靡著。

程先生一路出門，鼻孔噴著氣，想起來這個大陸果然不能去，眼前程太太就是活例，證明了他的先見之明是對的。

●

將近天黑，包圍著他們的樓上樓下四周，靜歇一日之後都甦醒過來，沸沸揚揚，炒菜香，大人小孩等吃飯前的喧嘩。程先生守著一屋子死寂，廚房抽油機的螢光燈，不鏽鋼料理枱泛出森冷青輝。打開電視連環泡，加入整棟國宅大樓一陣一陣癲癇似的罐頭笑聲裡，程先生覺得荒涼。他不想再跑出去吃油膩，決定下手做一餐蛋炒飯。

沒有蛋。程太太走之前滷的一鍋滷味還剩大半，凍得像化石。那十來日媳婦下班會來幫他做新鮮菜，洗衣服，週末有兩天跟同事跑出去玩，心虛得先給他買好九如粽子和一盒蟹殼黃，回來又提了一便當盒子燒雞醬肘子，不食隔宿糧，吃不完的碟碟碗碗堆個幾天後一次清掉，那鍋滷菜是程太太做的，所以沒扔。

程先生出去買蛋，想想需要蔥，五塊錢八根剝理好的蔥用塑膠膜和保麗龍盒子裝著。做碗湯罷，他在那一長列冰櫃前面徘徊，覺得似曾相識，似乎他上一次與菜們見面已是三十年前的事。當時它們皆以原貌出現由人去搭配，而今光潔得像手術台上的一包包展覽品，程先生很懷疑它們眞的能吃。最後他選了最便宜的三色湯，兩塊骨頭和白蘿蔔胡蘿蔔丁丁。他的物價似乎仍停留在若干年前，他買過的五塊錢一個的肉包子上，從那裡開始也許就沒有再從自己的手裡付過錢，因此他對於這個世界的交涉到那裡便成了一片斷崖。上一回下廚做蛋炒飯的時候，佳瑋才唸小學呢。

保溫鍋裡還剩一杓飯，得再煮，這種鍋也非他所認識。找到米桶，無米，程先生理直氣壯撒開喉嚨喊，阿柏媽，米吶？沒米。

坐在沙發裡盹著的程太太掙扎爬起來，從另一隔櫥厢拉出一袋小包米，剪開裝進桶裡。袋上印著聯勤的標記，駱駝麥穗和國徽，兩行字、眷實補給政府照顧，袍澤情誼心心相繫。不同於程先生上次所見，機動板車送眷糧來，人站在車上配米，他兩手撐開布袋，讓斗杓舀米入袋，抱回家去。三大口？程先生問說。

早沒啦，就是我的這一大口，程太太說。

程先生大爲震動，應當從佳柏他們畢業不再求學後，兩個大口糧即已自動停止，有那麼久了嗎？他朝空中嗅嗅鼻子，惘然不可解。何況這個電子鍋，煮時外鍋不加水，程太太還用抹布把內鍋擦乾了才放進去。所有東西，都不一樣了。

他細細的切蔥，往事在煙幕裡歷歷浮現出來。一夥單身漢，就算他會做菜，和麵擀餃子皮，幾樣菜，蒜拌蛋、蟹黃蛋、雞絲拉皮、蘿蔔絲鯽魚湯，絕對是他傳授給程太太的。偶爾請客做滷味，都靠他漂亮的切工，蛋黃黏刀，他發明的用縫衣線來分瓣，又俐落又均勻。炒酢醬也是他獨到，拌拉麵吃，一搶而空。然後從什麼時候起已不可考，他便被逐漸繳了械，朝另一個領域去發展，名之爲事業。可如今這事業在哪裡？那幾塊獎章獎牌，給佳瑋拿了去墊花盆和鍋子。就連《勝利之光》封面都改登每月一星，領袖已去，他不知應當效忠誰。

他炒了三盤蠻不錯的蛋炒飯，三色湯也可，眼看不愛吃米的佳瑋吃得不剩，程先生感到非常欣慰。他終究覺悟了一個道理，力量，既非金錢，也非知識，對於將近七十歲的老人而言，家事，就是力量。

●

次日佳瑋恢復上班，他張羅的早點，雖然花了起床之後兩個多小時，但從此他曉得了契司和果醬放在哪裡，蜂蜜紅茶方糖咖啡可可高纖餅干玉米碎片在哪裡。且因著找這些材料連帶發現的各種奇物淫貨，再再使他訝歎世界已如此變化。

佳瑋走後他才靜下來讀報，首度，快纖廣告進入他眼睛。快纖，那是他不久前才認識的。跟一雙繫著緞帶的方口玻璃瓶擺在一起，瓶中可能是茶，一罐上面標寫青檸香草，一罐寫玫瑰花實，啥玩意兒？

最自然的節食方法，以穀類和柑橘纖維濃縮精製而成，飯前食用有減輕飢餓的作用，更可自然的減少攝食量，保持輕盈健康的體態。他極爲困惑，想不出是程太太是佳瑋誰需要，他們都很輕盈苗條呵。程先生去櫃子裡把那瓶快纖丸子拿出與報上的廣告核對著，確證無誤，不可置信廣告所言居然有此實物，怔忡了半日。他才了解，原來讀報，並非讀不知道的，而是讀已知道的。多少年以來，山羊走老路的走慣那幾版，只見所熟悉的人事物在那上面逐一凋逝，舊鬼小，新鬼大。他仍尚存的許多精力，只好投在剪集報紙印花上，一張一張修得齊邊不苟，排好隊壓在書桌玻璃墊下。現在，卻因爲做飯，他的視野驟開了。

程太太看報紙當中復又盡盹，老花鏡掉到鼻尖，腦袋沉沉陷在胸前。程先生便去幫忙拆整行李，敞口擱在那裡兩天了。分類歸檔，該洗的放在一邊。有一盒工整未拆的禮物，包裝紙已磨損露底，程先生打開來，是一套皮夾和皮帶。程太太醒來看見，就說讓佳瑋留著吧，或者以後送給李平也行。

佳瑋收下禮盒，嘴皮刻薄的說，台幣六千多塊耶。

超乎想像之貴，程先生避禍的假裝沒聽見。

然而一如此行回來的昏睡如槁木，程太大面對佳瑋的譏刺語亦若罔聞。

●

佳瑋變得更沉默。

以前她不愛講話，卻是一團善意在那裡。如今她的沉默是塊陰鬱的固體，日久無言，一開口溢出冷酸的酵味，自己都聞得見，偏轉頭去，或者乾脆更不開口了。辦公室裡中央空調，冬夏一個樣，嚴厚裹著帶帽套的羊毛夾克。其實感冒已癒，可就是脫不掉，一陣寒上來，把帽子也拉上，恨不能冬眠。回來連趕幾天工，都是深夜回家。遂養成習慣，每天索性等交通尖峰時間過了，再離開公司，長長的下班之後，喝著長長的咖啡。

美茵來找她，問她跟李平怎麼了。李平說他打電話給你，你都不講話，幹嘛？

佳瑋垂視著美茵的聖誕綠呢裙，斜岔三顆香奈兒式厚厚實實的金釦子。她已不願再接受美茵向來加諸她的方式，以固執的默然抵制著。

呵呵服了你，要死不活的，美茵掐她脖子。

她一把揮開美茵的手，很突烈。

掐你一下不行呀，美茵笑著推她頭。

她把美茵手擋開。

美茵又推她，她又擋。美茵打她頭，她把手打回去，將將要廝打起來，她驚怒的呼出聲，我最最最討厭人家打我的頭！

好，講話了，美茵收手煞住。

待她怒氣平息下來，美茵瞧著她猛搖頭，你哦，我是李平我會被你搞死有份！拉她離開去吃飯。

●

到公司對面的夢家，李平已在，原來是跟美茵串好的，佳瑋便以加倍的默然拒絕他們二人。李平束手無策，求助於美茵，都由美茵做主點了吃。

兩個烱字輩，比烱功，我服了你們，ＪＪ王子與美美！

佳瑋聽見，眼一抬射向李平。

李平已來不及阻止美茵繼續說，帶我去吧月光，美茵諷笑的稱讚著。無聊。佳瑋用憤毒的目光把李平殺死。

美茵撞一下李平，你不是說畫得很棒。

佳瑋惡聲的冷笑著，李平你實在很無聊ㄟ。

可以拿給大翁看看，美茵說，他們在搞一個漫畫週刊，需要量很大。

破爛東西誰看，佳瑋詛咒著，爛。

你不要這樣嘛佳瑋，李平哀哀的說。爛。

隨便她啦。美茵就做下決定對佳瑋說，我叫大翁跟你連絡嘍。

急得李平攔也攔不住，唉算了，她不願意就算了。

爲什麼不願意，我很願意。

美茵一推李平笑了，沒用的東西。

待美茵走後，很久。李平苦惱的樣子，卻使佳瑋愈來愈不耐。

李平喊她一聲佳瑋，佳瑋你到底要我怎麼樣？

我要你換一件襯衫。

李平掛下臉來，不懂什麼意思。

佳瑋說，你以後不要穿這種紫色行不行，拜託很像茄子耶。

李平扭曲得埋下頭。我受夠了，受夠了，喃喃發出囈語的，突然站起身，踢開椅子走了。

佳瑋對自己陰森笑起來，一切乃她所造成，這就是她要的對不對。握死住冰珠流瀉的鬱金香高腳杯，她打了一個寒顫。

●

大翁打電話給她，她就去了，約在一個叫天蠍座的地方，黑壁黑枱霓虹管和鋼管，滑溜不沾身的壓克力椅凳。她把畫集交給大翁看，就像自己被剝光了一層層翻看著。電子琴音符營構出一個曠漠太空的世界，她看見她白條條像一截擠出來的高露潔牙膏光躺在那裡，達利的畫，屈辱與作賤，一切乃她所造成，這就是她要的對不對。

筆觸乾淨，點子頗鮮的嘛，大翁這樣評讚她。過於快速的便翻完畫頁，闔上啪一響摔在桌上，那粗魯的肢體語言是說，沒問題，我們會用，卻像叭地拍了她一巴掌光臀。然後狎近問她，爲什麼ＪＪ王子沒有臉，空白的臉，玄噢？

她很想有一張布毯把自己密合嚴縫包裹起來。

總有理由吧，大翁說，這個理由鐵定精彩，說不定我們搞出個大的。

她想起很久以前，一位馬女，一張晒在草上的馬皮忽然飛起裹了她滾走，消失於原野。裹馬皮的馬女後來被人發現變成一隻蟲子，慢慢搖擺著馬樣的頭，嘴裡吐出一根閃銀的細絲纏繞樹枝。她去做了蠶神，繁殖出後代的蠶。子女宮太陰落陷，做愛要關燈的那種。看起來就很像，是貪狼大翁說的，看起來就很像。

佳瑋說，算了，不要登了。

大翁愕然，何必呢，程佳瑋。沒有理由就沒有理由，沒有理由也是一種理由嘛嘿嘿。

不是，我只是不想登了，伸手把畫冊欲取回，爛東西不要登。

大翁按住她手不讓拿，搶的喔，我用搶的喔，半嬉鬧和半恐嚇。

佳瑋猛力一奪搶了回來，收進揹袋裡，對不起，起身要走。大翁把她拉坐下，她掙開脫身而走。大翁追出去攔扯她，你回來我們講清楚，他媽我就是問你ＪＪ王子爲什麼沒有臉，很Ｑ嘛，你不登就不登，奇怪了跟我來這招，沒意思嘛，他媽我們得好好講清楚！大翁咆哮著，抓她回去。

這就是她造成她要的她自己往臉上塗糞泥。她摸到了一把美工刀，掣出朝前方那條高露潔裸體揮殺，殲滅她，永墮劫塵，萬死不復。

7

佳柏來派出所領她出去。車子在發動時，把美工刀還給她，怎麼回事？

她望向佳柏，回想著。記得摸到這把美工刀抓在手裡的觸覺，以及隆隆如海潮的車聲與人聲。

佳柏火大了，你到底在搞什麼東西！

這之前是大翁。翁佑宗呢？

姓翁的早走了，佳柏叱責她，很過分哦你。

混亂拉扯中大翁猙獰的嘴相，像有人朝她臉上吐了一口痰，她撇過臉去抹，肺腑發出悶啞的哀吟。

佳柏瞟見，暈啊？把車窗搖開一些。

寒流天氣，風刀割進來，她記起大翁問她爲什麼JJ王子臉是空白的，災故便從那裡開始了。媽曉不曉得？

何美茵通知我的，姓翁的打給她。

那麼美茵都知道了。然而有一段她不知道，從抓美工刀在手裡的實感到哥哥把她領出派出所之間，到底，這之間到底發生了什麼事，一片空白。她怎麼會有你的電話？

誰啊？佳柏瞪視她。

我說何美茵，她怎麼知道你電話。

問不會，打家裡就問到了不會！

媽一定曉得了。

柏冷哼說，你還管媽。

她頭抵在車窗上，貼著窗底自己的臉，浮沉於馳逝的樟腦樹蔭中。到底，那一段恐怖的空白裡發生了什麼事？她斜轉眼偷偷觀察哥哥。嚴峻的側面，無言透露著訊息，曾經她一定是完蛋透了。

●

佳柏完全不瞭這個妹妹。姓翁的說她拿刀殺他，歇斯底里瘋了。

佳瑋是任性，全家都讓她。她唸小學懂事時，家裡已寬裕起來，不像他，還經驗過沒有電冰箱的日子。全村就是巷口第一家余主任有冰櫃，暑假每天早上等三輪板車送冰塊來，麻袋掀開，工人在冰煙滾滾流瀉的車上鋸冰塊，冰沫四濺，扎得孩子們歡叫。等冰塊卸下送進余家，他們就搶冰碎渣，搶到一塊巴掌大的冰，兩口三口吞入嘴，冰涼滑過喉嚨到肚子裡化成水，樂歪了。

當年他的志願，將來要開麵店賣滷蛋，這樣他就可以豪華的每天讓自己吃一個完整滷蛋，而不必總要到請客那一天才有。切得薄薄一片片圍繞盤邊做花形，客人吃的，他簡直分不到兩片，若敢再討，母親毒鏢一樣的眼光立刻射來，中鏢死。他們沒趕上國中第一屆的四十幾年次，真是一批最倒楣的瘟瓜。青少年時期在匱乏中度過，經濟起飛時去服兵役，三年回來，只有當人家部屬的份。一邊補習K生產管理，領班升科長升經理，混到一部二手車福特一千六。賣車給他的小杜右腳短，油門和煞車調得特高，專門來牽痛他的骨刺，手排檔方向盤又重，不時錐刺痛鑽上來銼腦，衰透。一度休業在家，靠老婆的旅行社薪水養，復出跳槽到這家與美國合作的公司。目前他已看好一輛福斯車高爾夫，就可以甩脫這部衰相的福特長短腳。

都是自己打拚來的。佳瑋小他一代，予求予取，手心向上的一代。公司那批五十年次就令他頗來氣，算盤珠子撥一下動一下。難做的事，討厭的事，超出吩咐以外的事，打死也不會主動去做。情緒又來得多，動輒要溝通，溝通，你媽個溝通，活該他們八眉八目挨過來受氣。情緒問題，請便，干格老子屁事。

●

佳瑋開始偷窺人，希望從任何一點蛛絲馬跡裡拼出眞相，塡補上那一塊消失的記憶。但人們對她這個好像都關起了門，只有美茵過來戰友式的拍她肩膀，大翁那痞子，受教訓啦。她疑忌美茵在大翁那邊怎麼解釋她，她幾乎可以看見美茵手指點著腦袋說，程佳瑋，鏞斗。

程太太呢？程太太壓根沒注意到佳瑋發生了什麼事。掉在隨時隨地打盹入眠的瞌睡症裡，程太太全部停擺了，帶給家人極大不便。對這不便，程太太絲毫沒感到要抱歉，既然程先生接手了許多家事，遂變本加厲乾脆蟄眠去。萎頓著的程太太，與笨拙忙碌的程先生，打破他們大半生以來的平衡關係，激起偷窺中佳瑋的莫名義憤，因此她總不讓程太太安寧。

她非要吃干貝稀飯不可，程太太只好爬起來做，用骨頭燉出的高湯煮米，干貝燙軟後撕成絲丟進去。程先生在旁插一腳，若是從前廚房絕對是程太太的私人領域，不容侵犯，現在也將就點，讓程先生做二廚，自己得空休息。佳瑋卻又嚷嚷著，找不到內衣，洗好塞哪裡去了？程太太復起身去找，混到別的抽屜了，拉出來給她。她又要母親幫她看被子怎麼回事，蓋得脖子老抓癢，新被套沒下過水，可能是纖維敏感，待換回舊的被套，程太太著實懶，她又非磨得母親立刻去翻騰出來換好。連程太太看電視時似乎快盹著的樣子，她也要騷擾，嘿，推醒母親趕快看，壞人死囉，壞人死囉，輕佻的發出呼喊。

直到這一天程先生叫她妹妹，來一下。她循聲而去，在後陽臺走廊，程先生披頭散髮面對一大澡盆泡在水裡的沙發套惶恐著。妹妹這不起泡呢？遞給她一袋肥皂絲看。顯然程先生已經撒了太多的肥皂絲仍打不出泡泡，闖下大禍的不敢讓程太太知道，求助於她。零污染洗衣粉，本來就沒泡泡的，用洗衣機洗嘛，手洗洗死人了。

行，行，程先生奮力以手工。佳瑋便喊起來，爸在洗衣服呀，媽，爸在洗衣服！尖叫的聲裡，充滿譴責。

程太太出來屋子，一走廊是水，皺起眉頭還沒發話，程先生惡人先告狀的突然炸開了脾氣，對著澡盆跳腳吼，我洗，我洗成不成，你進去別管，我洗。

程太太不發一言過來，把洗衣機蓋子打開，抓起沙發套子往裡扔，程先生爆急的去奪。幹什麼呀你！被程太太喝斥了一聲，放開，弄得一身濕，氣色極敗壞。

閃了腰啦老先生，程太太說。

眞是！眞是！程先生鼻孔不斷噴出咒言，憤憤甩著身上的水。

程太太開水龍頭注滿水，叫程先生來教他，給它泡久一點，等會兒你就按這個開，然後按這個洗，喏它會嘟亮起來，嘟亮，是吧，你給它亮到十五分鐘這裡，然後按這個開始，行啦，自動的，它就可以洗啦。程太太教完，便去拿拖把將地上的水漬拖乾。

彷彿是到這一天，程太太才又復行視事。

●

當年程太大應聘親戚介紹的空軍子弟小學，隨軍來台。孫育銘本當第二批船到，行色倥傯，育銘媽媽給她一支絞絲麻花金鐲帶著。一等三年半，輾轉消息傳來，她走後兩年育銘娶了小楊表妹。小楊家最勢利，白鴿人，育銘看得上？初時感情的強烈震盪漸漸淡去後，剩下理知的這個不可解盤據心頭，經年累月，與她同生共長，成爲身體的某部份。六年前跟南京連絡上，得知育銘老婆已死，悵惘好久。她恍然發覺，育銘老婆竟是她多半輩子以來最嚴厲的競爭者，她自己給豎立的壓力和夢魅。然而是那麼隱藏在看不見的幽深底層，不到死別時，從來不曾現身。一旦死去，卻是她做爲人的最進取的那塊部份同時也死去了。她變得記憶力驟衰，容易滿足較少挑剔，不再自苦，耽緬於美麗的往事青春裡。

她散盡千金，滿滿負載著記憶的甜夢，像溯源之魚依循本能帶領，洄游過千萬里來時的途程，重返生身之地。

住在下關堂姊家，老姊妹倆，結結實實淌了一泡淚。不久她即嗅出，這個家是媳婦在當。另外又給了堂姊錢去加菜，發狠買兩條長江刀魚回來待客。都是清寡寡的氽湯，買了鯽魚燉湯，挺費瓦斯！聽見媳婦向堂姊不止叨嫌一次。十公斤裝的小瓦斯桶，得排隊訂購。後來三天她就叫佳柏安排住外面，搬去玄武飯店那天，堂姐跟來房間對她哭一場。臨走時掏出兩顆小葫蘆，一顆上畫宋人戲嬰圖，一顆畫遊湖借傘，舊物了，手澤潤滑，說是送給侄女佳瑋好玩的。

育銘姊姊從上海來，跟育銘到飯店看她。育銘比她所能想像的老態還更老，腰給打斜了，兩肩高低不齊。育銘女兒跟丈夫領著大小孩隨後也來。女兒提議去夫子廟吃全套，晚晴閣只賣外賓，他們可沾了台胞的光咧。小楊妹妹也約了妯娌三人來，一路遊去玄武湖。秋風索索，湖浪颳起來像海，都給吹得東倒西歪，頭痛，草草走到牡丹圃那兒即折回。她望著育銘跟姊姊老落在後頭，有一會好似爭吵的樣子，育銘像一張紙人在野風中撲撲飛打。小楊妹妹寸步不離的，瞅個空說妯娌們時興戴白金鍊子，獨自己媳婦無，可憐見的，差一百外匯券。

她取消了去上海的計劃。返台前一晚，來飯店道別的人陸續離開後，唯育銘姊姊一人還久坐不走。她知道是爲等著也許會有額外的什麼補償。逛夫子廟時，育銘姊姊提起姆媽講過一隻金鐲子，當年她去台灣姆媽相贈的，那是他們孫家的傳家物，姆媽死前還講到，可見有多疼痛她。她聞言驚怒極了。

佳柏一邊整收行李，趁人家去上廁所，說剩的那包禮物皮夾皮帶，送掉算啦，好打發走。她噤聲不允，已經給過他們錢，夠了。磨到最後一班汽車來的時間，育銘姊姊倖倖然只好走，佳柏倒把半條肯特都給了人家。

登上中國民航，她朝佳柏嘆一聲，人事全非，就此昏睡不醒。

●

於是她像眠蛇脫掉一層皮，從長長的睏盹中醒來。靠動物原始的自我療法，在沉沉如死如重回母胎僅一息猶存的酣睡裡，程太太復元了。

仍然脆弱，一種火氣盡消的和順。使她在活過這麼大歲數邁向人生最後一段旅程上，有了機會一新耳目，看看以前和現在，自己和別人。總之是在這裡住下了，以後若再去那邊，做客嘍，隨境隨俗罷。

復元的力量是驚人的。所有她排斥接受，不願記得的，便都在這場長睡中給睡過去了，像一塊疤傷結了痂脫落。記憶的影帶自動洗除所有醜惡映象，留下的，是因爲她願意記得所以留下，否則統統遺忘。人只記得要記的，故回憶可以修改，歷史亦得以昇華。

程太太神鬼不覺轉換了她自己，恍似也轉換了程先生。只不過都是太平凡的人，凡人到他們獨體的大起大落皆不算數，立時，已被泱泱奔流掩去，泡沫不驚。

8

這是冬天一個小陽春的日子，佳瑋接到李平電話，認生的。好嗎？李平第一句話說。

還好。

天氣很好。

是啊，天氣很好。

要不要出來？

可以。

看電影？

又是看電影，佳瑋笑起來。

不然你說，大車輪，吃魚卵手捲？

好吵，那裡。

現代啓示錄？

好累。

IR？

累。

你說哪裡呢？

溫暖一點的地方。

兜風吧，去關渡看紅樹林。

上一次我們在渡船口吃魚丸湯是什麼時候了。

佳瑋你不生我的氣囉。

生。

那天大概吃錯藥，該殺。結果帳你付啦？

對啊，連小費一千二。

賠你賠你。

該賠。

回來一直好難過，一直很想念你。

佳瑋叱笑他。

你呢，肯定，沒想我。

對。

壞蛋。

畢竟哪裡也沒去，還是約在新開發的老地方吃一頓。英國花園風格圖案的進口布料和壁紙，構成室內暖意而雅亂的色調，太陽光濾過行道樹沉澱爲薄荷綠，空氣中有蒸餾咖啡的焙香。李平去吧枱幫她拿契司，切成薄片配葡萄一起吃，叫做吻之味。李平走入那綠光和焙香裡，隱沒不見。

杯碟叮噹，克萊德蒙的鋼琴華麗似水緞。佳瑋仰頭對侍者說，menu。古褐色燙金字的菜單拿來給她，看了一會兒，要海鮮沙拉，韃靼牛肉——

對不起，是不是黑胡椒牛排換成這個？年輕男侍困惑而禮貌的。

黑胡椒牛排？

是，剛才你點黑胡椒牛排，這位先生是腓力牛排。

李平端東西過來坐下，怎樣？見佳瑋不語，問侍者什麼事。

小姐的黑胡椒牛排是不是要換成海鮮沙拉，韃靼牛肉，還有？

你不吃黑胡椒了啊？李平問她。

佳瑋沉埋在菜單裡的眼睛重重抬起來，對侍者說，還有焗蝦。

謝謝，侍者取過菜單闔上，優美離去。

這時李平才注意到佳瑋換了髮型，削得奇短，兩鬢推上去，裸出整張臉，稜線分明，像小男生，又細緻得像精靈。不錯啊新髮型，李平由衷讚美她。卻眼見她從眼眶開始發紅，紅到鼻子鼻頭兩頰，那速度宛如紅酒緩緩注滿容器，滿到耳朵尖上，驚惶的淚珠豆大滾下，終於哭起來。

佳瑋忽然喪失了記憶。

●

她不記得李平是誰，但她記得李平開車來家接她。車裡還有她買的芳香劑，紫色薰衣草，Lavender。車子行經高架橋，他們沐浴在無季節感無塵的透明陽光裡飛過城市上空。旅狐鮮麗的看板曾與他們擦肩而過，底下男人臥躺的腿，上面女人跨跪的腿，腿上穿的旅狐鞋，雪白和豔紅。李平喃喃說，我都知道了，美茵都跟我說了，本來就是，幹嘛給他們登，姓翁的我從開始他媽就看他不順眼，何美茵，唉那女人也有夠三八，我就說不要登，非要登。她看著後視鏡下面一溜懸掛物，鶴岡八幡宮御守的流蘇符牌上抱著一隻戴帽長尾猴，猴尾巴抱著一隻小熊貓。半圈黑像是被打青腫的熊貓臉，面向她始終露出詫異的神情，於車馳中晃盪不已，後來打了一個轉背過臉去，對啦，那時正好出現賣玉蘭花的銅面婦人朝他們窗前揮搖一串鑰匙般的花。

●

她記得父親和母親。因爲母親總是坐在泛黃如老照片的燈下改作業，用沾水鋼筆劃著淋漓亮紅的一隻一隻大勾。而父親常常跟她玩藏手帕遊戲，她怎麼也找不到時，父親會蹲下來，叫她騎上他肩膀，扛到高峻的門楣邊，啊看見了，就塞在那裡。父親的魔術無人可及，他能使火柴棒自由進出鼻孔和耳孔，她睜大眼貼近看，也無法察知火柴棒是怎麼消失了？怎麼又從孔洞裡出來了？父親還會把番茄剖成一朵怒放的大利花，並將二十世紀梨的皮絕對不會削斷的削淨，掛她頸上，長長的項鍊垂到腳背。他們帶她參加郊遊，墨綠色交通車如一座苔堡，穿越過一畝連一畝黃金甸甸成穗蝦著腰的稻子，漸聽見隆隆作響，愈來愈大，驀然，她就看見面前，嚇，從天上地底奔騰出來的雪沫像一頭巨怪。大人們爭先恐後跑下車照相，石門水庫放水。母親與父親被那水瀑映得眩白的雙照，是她此時想起父母親的永恒停格。

•

她記得哥哥。因爲佳柏最愛跟她講戴笠除奸記，戴笠喬裝扮成的老太婆，走過敵方佈滿埋伏的街道而無一人發覺他。戴笠披一襲風衣，風衣裡面藏著各種易容的工具，隨時可以改妝爲完全不同的人，一分鐘之內鐵定妝好。因此佳柏最常搬演的情節，被日本特務或七十六號將將要抓到了，他跑進廁所，出來卻是個老太婆。佳柏用墨汁把門牙塗黑的無齒狀第一次顯現在她前面時，把她嚇得大哭。他也扮成瞎眼的吹笛人，甚至穿高跟鞋兩個咪咪很大的酒家女。那天王以娟來他們家，儘笑，佳柏儘說，叫她把照相簿搬出來給王以娟看。正看著，佳柏抽神出來急厲問她，那本呢，有爸媽結婚照的那本呢，怎麼沒拿來？她驚駭於哥哥眼神裡的對她漠視，全部心思都被那個女人佔滿，從此知道哥哥不再是她的。她不記得王以娟跟佳柏是什麼關係，雖然他們總要一塊出沒。

●何美茵來醫院看她。她說了平生最多的話，用說話築起一圈保護網。她特別害怕跟人家應對，遂主動攻擊，猛說。醫生講我這個是選擇性心因失憶，小意思。對啦，麥可傑克森面孔將融化，他鼻子快掉了。其實耶穌是一位有廣告天份的奇才。創作力，不值錢了，麥迪遜大道現在玩的是定位。你應該爲自己和你的生涯定位，創造你自己的空隙。尋找可騎的馬，用你自己所沒有的更大力量，把你的四輪馬車拉到星星上去。有沒有看到 La Scala Att，它用了好多新藝術語彙，曲線和馬賽克。我知道有一個韓國人，他帶兒子在火車站買車票的時候，忽然不曉得自己要去哪裡，瞬間喪失記憶，所以，沒關係的。記得那支CF吧，Poison，毒藥，一九八七推出，每五十秒賣出一瓶。一隻黑貓，女人的貓眼，貓鍬開嘴警告來者，綁著皮繩的女人腳踝在毒藥旁閃跳，血紅蔻丹的雪白手雙雙交纏分開，一手伸去偷走了貓前面的毒藥，雙手捧弄深紫色毒藥像捧弄一座水晶球。你可以從一而終嗎？用純情和貞香當做自己的體香？錯了，現在是T、P、O，時間、地點、場合。你看那張 Liaisons 的海報，白天的女強人用古龍水，下班後的良母賢妻男人擁抱她，夜裡是她的意亂情狂，Liaisons，危險關係。Scoundrel 找瓊考琳絲做廣告，壞女人做壞女人廣告。不是麼，聖羅蘭的鴉片，卡文克萊的迷情，墮落，克麗斯汀迪奧的毒藥，從壞女人到毒婦人，將來如何？找尋新市場！注意，戰後嬰兒潮到九〇年代至少已經五十歲，看，蘇菲亞羅蘭替 Coty 賣香水，雪兒賣的是毫不保留，伊麗莎白泰勒賣熱情。我跟你預言，香水五年之內一定，返璞歸眞。

9

佳瑋坐在那裡喝著咖啡時，豎起的兩隻耳朵果然就像骨瓷杯上的兩隻杯耳。醫生們最大的野心，都是想找到失去記憶的那一剎那，然而永遠找不到。

那一剎那，她焚燒她的畫冊。鎖在浴室用垃圾桶當爐箱燒，眞衰，燒一疊紙也這麼難，死不著火，突然爆燃開來，止都止不住。她看著又藍又紅沖往屋頂的焰火裡，穿神父領襯衫獵裝外套風衣兩襟搭圍巾底下打褶寬褲的男人，從這世界上消失了。JJ王子與美美，他們只有一次存在過的機會，火焚燼熄。帶我去吧，月光。

一九八九・七・廿・寫完

一九八九・九・廿三至十・十六《中國時報》

紅玫瑰呼叫你

自從開竅以來便辛勤練歌以備隨時可展喉一現的這個老男人，大夥喊他翔哥。翔哥的，翔哥的，把麥克風傳到他手上。新練就的招牌歌，小丑。他彈起來躍過一堆疊腿腳，站到前面運聲開唱。這條歌就那兩句爽，大夥在等，他採緊拉慢唱式的把自己一波緊似一波推向高潮，那兩句，小丑——小丑——盪氣迴腸把脈穴瞬間打通，身體交出了靈魂，乘著歌聲的翅膀飛上雲端。好，今天狀況，太好了。

拜KTV與大麻與XO之賜，頭次聽見翔哥唱歌，不但是別人的第一次，也是翔哥自己的第一次。若不是KTV，他永遠不知道自己能唱。當然還有那天的麻，眞重，打半口就high了。從前唱卡拉OK時候，他只有窩在一角捲菸絲的份，大庭廣眾還不好用炮筒打。總共五支炮筒，談不上收集。挺順嘴的一支，半手心大，梨形扁塊，黑木雕著藻紋，一回清炮筒，把塞在孔裡的一顆魚肝油丸捅破了，追查元凶，大毛弟幹的，被他剝下褲子趴在床邊用抓背的竹條狠抽了三下。後來搞支黃銅製的，中看不中用。又搞支檀木的。他的癖好之一，便是拿酒精跟棉花在Tizio燈冷白光源下清理炮筒，支支清得暢通無阻，列一陣隊接受他檢閱，往往他就那樣與炮筒們相看兩不厭的幾小時過去。

又想起來，他媽的結婚十週年，不知道送什麼東西給老婆。

康乃馨坐在他的對角線上，叫他翔哥，遞給他一張名片請他打電話叫車，一唱又過了一點鐘。他瞭康乃馨是要他送她，倆兒好去軋。這個康乃馨雙十年華，之生猛。昨晚跟她軋完，倒頭一睡，乍醒來操她媽四點啦，睡得死豬一樣給閹了都不知，氣得，一腳踢開被單，滾下床跑回家去。今晚鐵軋不過她，快四十歲人了能怎麼辦呢。打過電話他出來撒一泡尿，裝醉倒在外間沙發上。一票靚男手持對講機雪白襯衫黑蝴蝶領結黑泡褲，喜鵲般吱喳在裝潢封閉的穿道之間奔來梭去，殷勤服務很像在築巢。康乃馨人還沒走到，兩腿間的鹹魚味先到，經過時摸他一把褲襠，走不走？他嚕嚕打著鼾，裝死。康乃馨怎麼就走的，他竟迷迷糊糊真的妥著了不知。

醒來進去又是放他的歌，午夜香吻。他長著一張每個矮儸都會要跟他哈啦台語啐口檳榔汁的番薯臉，唱起歌卻帶丁點北方人的侉腔調，腳底板蹉著拍子蹉出恰恰的那神氣又明明是位歐吉桑，實則是個朝鮮裔華人，殘存著嗜吃醃大根辣泡菜的民族習性。然而被劃分做為南區選民，他與竹聯小萬支持國民黨籍候選人。小萬聽說他老婆投人不投黨準備投給某民進黨員，叫他投票那天給他老婆嗑安眠藥投不了票。結婚十年啦，癢後三年，想不出送什麼東西。

閑淡日子沒活上半個月，快淡得淡過水鬼尿，又皮賤起來，巴著接檔戲快開工罷。那陣子八點檔忙得王八蛋一樣，晚上播出的戲，下午還在棚裡錄。最後補兩場外景殺青，收工時才過午白日晃晃，和宋子約儷史出來開一部車去石門吃活魚，吃完各軋各。雞巴卵蛋子可憐喲，多久了連自家用的都沒時間去開，蹦出褲叉彈簧棒似的亂跳，像條活魚抓不住。翻過儷史幹後面，好大屁股印著一道一道太陽斜射下的百葉窗影子，恍盪盪讓他以爲在幹一顆無子西瓜。他老婆每天清早跟一群太太們在巷底空地上跳舞拉筋，愈拉胸脯愈沒，拉出一身硬幫幫肌肉眞難抱。他非睡到日正當中不起床。起來沖澡刮鬍子，吃過飯換上充滿熊寶寶柔軟精香味的蓬鬆休閑服到公司，各層樓各房間，到處閑人到處可屁。屁過交通尖峰時間回家，換一套騷包貨，敞開的YSL襯衫領子裡打一條純絲銀白領巾，麂皮Bally鞋，上老K家找妹妹。老K家裝潢過三次，一次比一次遜，也就禮拜五有去頭，妹妹多。這陣子天天去，挺乏人，泡到半夜看看錶兩點鐘了，到底給不給軋，不給就回家睡覺覺了。

也有回家不再出，老婆便噌他，沒的混回來啦。邊啃飯邊罵友台連續劇。久不見，小毛弟竄好高，快跟哥哥齊。大毛弟全班第三矮，今年升上三年級仍然第三矮，可見還是有長的，老婆憂愁而安慰的說。他威嚴叫大毛弟，過來，啵兒個。

大毛弟乖登登跑到跟前，撥開瘋濕透的軟密髮，露出一頂陡斜大奔額，他伸出手心往那上面脆響一拍。大毛弟不踉蹌，很穩吃住他一拍，飛離去玩耍。他吃驚孩子果然長出了一截力氣。

重又復興起以前玩的老節目，定立星期六爲洗澡日。大毛弟小毛弟和隔壁託給老婆帶的林歪歪，三隻小公雞跟他一隻毛狒狒，痛快洗場泡沫浴。泡沫浪丈高，堆在耳邊就聽見有千萬個泡泡又爆炸了又凝結了的畢畢剝剝響。他坐缸裡用浮石摩擦腳和各處關節，那專注的樣子像坐雲堆裡雕刻一件藝術品，無視於三條頂著泡沫尖叫潑打的小獸擠進擠出終至打出浴室，把地板沙發滾得漉漉一片攪怒了老婆，他才起來去把他們拎進屋。沖乾淨一條條放出去，讓老婆拿著毛巾追罵擦乾。他光個大鳥站在屋當央環視這一切，他的王國他的伊甸園，他開心了，喝叫一聲歪歪，過來，伯伯咬一口。歪歪走來供上自己的胖臉頰，他又輕又重烙了一口牙印在上面，放下歪歪，且一把撈住逃命中的小毛弟，瘦脊脊像一根韓國人蔘，抱起來朝屁股肉啃，啃得小毛弟慘笑連連喊著救我，救我。直到老婆遞來內褲命令他穿，他才停止了噬肉的遊戲。

在家蹲兩天，快變成怪異的 Tizio 燈，他突然瞭，他媽男人眞不能待在家裡超過兩個大白天。那座 Tizio，比像一盞枱燈的話更像一枝釣魚竿。去年尾牙摸彩摸到，小謝拿過去把一眼盒子，說裡面的是名燈，李察某某一九七八年設計，看不出小謝搞武行的研究這玩意。抱回家來放，怎麼擺，就是他媽怪，才發現家裡沒人用書桌，根本沒書桌。大毛弟用的是日本進口貴死他爹的琴式書桌，桌面拉下裡頭嵌盞燈自動就亮。烏黑桿子的 Tizio，可橫可直可收可折，當它翹折起腰時活似大坪頂溪蝦伸著長鬚腳。最後擺到臥房老婆化妝枱上，騰開那座戴一頂人造絲花瓣形罩子的粉紅燈。過不久便氣概殆失與瓶子罐子混成堆，只能兀傲堅持著大坪頂溪蝦的姿勢等待他清炮筒時開來用。

老婆拉他去見馮幹事談判，他遂只好去。仍想不出送啥，十週年。宋子店裡剛進十雙 Fogal，搶購光，宋子電話追到香港哈啦他儷史都批回來，有多少批多少。送兩雙給老婆如何，算啦用卵蛋想也知道鐵被海削一頓的份，然後當什麼寶物般收藏起來，一輩子也不會穿。

老婆跟她的舞友們想在巷底空地上搭座鐵皮棚子，下雨也可運動。最早她們得走十分鐘路爬到附近山莊的小公園跳，小樹小牆不到半小時曬成一群瘟雞解散下山。於是找到現在這塊死巷，背後山壁，兩邊人家院牆，夏天九點之前還撈得到半片陰涼地跳。早晨他起來撒尿，縹緲聽見挺常在老K家出現的麥可傑克森舞曲，沉重的貝斯鼓消失了，激烈的色塊和光影無蹤了，剩下一縷靈魂清清在奏，讓他錯愕以爲置身於墳墟裡回憶著昨晚的華廈美宴，像很多他看過的書生投宿那樣。後來才瞭，原來是她們拉筋用的音樂。下雨她們只有跑到超級市場旁停車棚裡挨挨蹭蹭跳，忍受著鄰居和陌生人丟來的眼光。大清早通告，他開車經過超市時第一次目睹怪現象，娘們十幾個，大部份穿著網球裝似的白短裙，露出很像泰國芭樂的膝蓋骨。她們一律插腰分岔著雙腿運轉屁股，不理會卡帶放出的音樂節奏，自顧自認眞透頂在轉。明明是茱狄那馬子擅縹的活兒，給她們一竿良家婦女縹，唉眞是，眞是，不雅。爲她們如此不知覺簡直天眞無牙近乎恥，他極不忍心不敢再看。老婆卻看見他。

站在最後一排最邊一角以便能放膽舞動不怕被笑的老婆，看見他車，訕訕的停止了動作。再怎麼隔得遠，他也感覺出老婆其實滿高興他目擊到她居然也會跳舞罷。老婆臉上意義不明的恍惚笑怒，從古早以前追她的時候到現在，雖然出現的機率愈來愈少，偶爾一出現仍是搔癢他心膛。正正在這種笑怒不明的態度蠱惑他，當年好幾次，什麼什麼都幹了包括把她一隻耳朵吸吮得逼體赤紅但眞就是沒幹那件事，搧死宋子也不信的，結果只有娶回家來當老婆。

太太們的晨間運動曾遭巷底人家抗議太吵，如何協調的持續跳了快兩年，後來空地就變成她們的似，如果有車子不知情停在那裡，準是昨晚上誰家兒子女婿回來了，就去敲門喊人，那家的女婿或兒子遂在一群太太們目視下狼狽的把車開走。後來她們想要搭鐵皮棚，照例又一場吵鬧，現在巷底人家也不吭聲了，剩馮幹事堅持那裡原來是迴轉道用地不准搭棚子，搭就叫警察。上午十點鐘光景，老婆氣噓噓跑進門拖他一起去談判。

他伸手摸進老婆的白色跳舞裙裡，大毛弟上學，小毛弟上幼稚園，他好想好想軋一回。怪哉什麼裙子，掀開看，是條褲子，外面包一片寬褶子，錯以為是條裙。他又伸進褲筒裡摸。他以為他當什麼啊一副官僚樣子管我們，別想！老婆怒罵著馮幹事，一路往外走。他蹭老婆後面且摸且梄，梄到門口無望了，嘆口氣。

到馮幹事家，一屋子娘們。剛才跳完舞大家愈講愈氣，元老級的便決定這就去找馮幹事，少一個男人，所以請他出馬來評理。一位人喊丁媽的婆子客氣對他解說完，轉過去向馮幹事聲音陡就變，利嘴利舌逼到鼻底下。沒等馮幹事嘰噥回來，娘們你一言我一句全蓋上去，不談道理的，沒人要談，看把馮幹事有點鬆動了，就發嗲，推拍捏擰打蛇隨棍上，哪是談判，軋掉了差不多。

大白天男人都上班，落單的兩個，娘們軋過馮幹事來軋他。向他好奇打聽電視台祕聞，誰誰是不是懷了誰誰的小孩躲到西雅圖待產？誰誰針灸減肥減了十二公斤是眞的？誰誰演一檔戲拿到八位數字片酬是不是一夜賭光光？誰誰曾經去瑞士全身換血才會顯得那麼年輕對不對？拜託他去跟瑪丹娜要一張簽名照因為孫女兒最崇拜她學她穿露肚臍裝。喂馮幹事，去要張武則天相片兒，簽名唷，你迷她迷得來咧。

他與馮幹事對坐小几泡茶吃。娘們坐著站著，聽他一句笑三句，離譜，拿炮筒來噴她們半口，全部笑死。老婆遠遠靠牆站，淡鼻淡眼不屑聽的，忍不住笑時撇過臉去望窗外，間或軟軟放枝冷箭，噯他亂講的啦。這一天圓滿的結局，他答應帶她們湊半個下午去見識KTV。半個下午，要在小孩放學先生下班以前趕回家唷，娘們向他撒嬌的請求著。

白日晃晃他好想趕在娃娃車送小毛弟回來之前軋一次，但老婆開著電視看NHK的日本列島特別節目。那時報紙還在炒新聞開不開放小耳朵，社區已裝了一台每月收費五十元。老婆開始跟電視學針織，爲要聽懂解說而去學日語已經學了六個月，現在常常看NHK爲增進聽力。原來床頭櫃上一大疊日文教材可是玩眞，個，兒，的！

那時他忙得王八蛋一樣，都忙在趙製作用了港星港導之後引起的併發症上。全部人，演員大的小的連干他雞毛子事的電工憨丁仔，全部不平衡。他每天才搞定這一個，那一個又翹起來。又要伺候得港仔們，麻也有，安公子也有，消夜完送去有ㄎㄚˋ墊（curtain）的馬殺雞，他等在外面電話連絡人，明天要拍的老厝還沒借到。不借，多擋些鄉嘍，再不借就打死它個B昂。香港人？香港人照開！那時棚裡最流行的洩憤語。是小萬和阿江兩個朋友在高雄，帥哥，太帥了，給矮儸從酒廊跟出來，當場擊中阿江背脊椎廢啦，他們滾爬逃進車裡，黑星槍追上來，香港人？香港人照開！對準賓士窗裡就射，碰碰碰碰。操他祖宗高雄快獨立了小萬說。有一天他睡醒來聽見講話大概是日語，朗朗童音很悅耳，好一陣子才聽出是小毛弟，一察看，小毛弟把老婆參加日語背誦比賽的稿子跟著一起也背熟了。娘兒倆像放錄音帶，或快或慢隨高興玩著自己聲音，挺歡的。老婆告訴他比賽得了第一名，那時他當她跟小毛弟大毛弟差不多在外面學了些小把戲回來耍，可憐得很。那時他在幹一堆如今想起來幹嘛啊死忠得龜兒子爲誰啊？爲趙製作口口聲聲少不得他他就拚老命要掙住一張面皮的，然而趙製作不過是口惠實不至，可免了。爲超過三十二的收視率老闆來棚裡切蛋糕慶祝那還要看你發多少紅包獎勵才算。爲升遷更不必他還想自個當老闆利的名的全歸咱。爲自己，他媽就是沒有爲自己，看罷，老婆對日本列島，此時螢幕上閃出中國字鹿兒島，對鹿兒島的興趣比對他大多多，多太多了。

哈啦些什麼翻譯一下嘛，當我都瞭我神了？他貼老婆背後一下下頂。

老婆敷衍著他。他便從T恤領口伸手下去摸直摸下去，老婆叫他壓得彎著背一邊只顧翻譯，似懂非懂帶猜畫面的努力譯。摸半天，仍然乾土乾草一叢，聽她傻瓜蛋子還眞譯派他當活聾子不成！鬆開老婆，乾巴巴聽，火氣就昇上來。走開去找棉花和酒精，快快的清炮筒。

吃過晚飯老婆提議逛夜市，張羅出門時，大毛弟去接一通電話，居然用日本話應答說，啕，請等一下。日本話，媽媽，電話。溜的，比國語還溜。

是日文老師中塚。以前他也接過她電話，利用晚間空閑打電話給學生做會話練習，太負責了罷。他看見老婆穩穩對電話講著日本話，語氣，神情，不認識了，令他渾身不自在。他詫異這一段日子家裡通行起第二種語言，這種語言卻把他排除在外。爲什麼該是日本話，他就沒叫他們學他的朝鮮話。他不在家的時候老婆帶著兒子們悄悄進行一場革命，好厲害的女人想要顚覆他。剎那間，演繹得燎原之火燒星星。

男性持久祕竅，恩愛夫妻按摩術，繼大陸系列錄影帶之後夜市零售商的大熱門。色情跟政治，每天絕對可賣上百捲。陳光復逼蘇南成下跪？陳光復高雄市議會總質詢第六集。砲轟立法院，朱高正扯劉闊才私帶隱藏式麥克風。他不瞭。四十年立法院實況錄影帶只有四支上市，非常珍貴，永不冷場。總有一天這個地下王國會把他們電視台推翻。老婆很崇拜的買下河殤錄影帶，誰叫他們雞巴卵蛋子六點半拍不出人家就能拍。水墨卡通，早有了。五捲大黃河，誰要看這種，老婆驕傲說，她看過的是中塚老師從日本錄製來的日語版。

十一點半回到家，開著鎖聽見屋裡叩機猛響，出門沒戴，催命符催得咧。006，是小萬。打過去，大夥都在，少他一個熱不起來，叩他整晚也不回，電話也沒人接，馬上來吧都等他。喂翔哥，有的話呼弄兩管來。

我瞭，都想打，把你們個B昂打得掛掛，掛！他隨即換好衣服，挑了那支竹節形炮筒帶走。

I am I，我是我，小萬在那裡掛經理名，開張才不久，他沒來過，就在玩具反斗城隔壁，把車交給人去泊。反斗城已下班，冰亮長窗大門裡，看見空中一牆架豔黃的芝麻街大鳥兒齊齊朝一個方向騰開大步企望著，壯觀。他帶兒子們進去過，玩具隨他們選但每人只准一件，小野獸放入山，兩眼直著噴射金光。大毛弟鑽這裡鑽那裡跑遍一圈，濕透的跑出來，選不出啊爸爸，又跑進去，最後走時火燒屁股才買下一個大兵喬。這年代竟然還有大兵喬？有喔，去年美國玩具市場的搶手貨，今年且要盛大舉辦大兵喬二十五歲慶生會。遠在他爹聯勤外事餐廳當廚師時候曾經撿回家來一個半舊的大兵喬給他兄弟玩，畢生唯一玩具。重逢老友他很高興大兵喬又開第二春也成為他兒子的好玩友。結婚十週年紀念日，操他媽過了十二點這一天已經過去，記得要記得，到這一天又忘記。送什麼吶小萬，你說。

打一條金鍊子。肯定實惠，翔嫂軋意。

這地方，I am I，他估計可以賣掉老虎皮。開幕至今光吃尾牙的，只好限定每天接受訂位六百名止。小萬領他裡外走一遍，眞大，PDK，鋼琴吧迪斯可KTV，吃餐看秀賓果拉把，台北交通太壞了，一屋子統統搞定在這裡，多省事。他叫小萬幫他看，熟人熟客有誰家啦店啦公司在裝潢，他有兩張老虎皮，一張賣給宋子介紹的黃某建築師，淨賺十萬對半分。貨從印尼來，禁獵，聽他們說全世界這種虎只剩五十隻，瞧兩隻在這裡。還有三隻天堂鳥，存他丈母娘家，天堂鳥耳邊伸出兩根烏亮修長翎鞭像平劇裡翎子生，過癮，買一隻回去陳設不錯的咧。不錯的他發現老婆是座煤礦場，兒子們逐漸長大之後，此刻煤礦場才開始一些一些的挖掘她自己。

他不得不承認，暗暗驚詫，並且受到威脅的雖然他絕不認爲是，而只覺得奇怪爲什麼今天如此疙瘩不爽。

一間一間KTV玻璃屋星佈於鋼琴吧四周，兩棵漆金錫箔棕櫚聳立其間。愛人同志和溫泉鄉的吉它並存，漂泊泪泪人與夢駝鈴齊唱。小萬每次必攻高險難行的夢駝鈴，每唱必敗，草草收場。梁勇掛個儷史來，小蠻腰很會唱，一首接一首全包了全他媽沒聽過的新歌，無調無音一串碎詞不停蹄儘追，就乾聽，看他二人自爽。古早以前他帶老婆回他的單身住處，老婆參觀著筆墨展開一卷卷字軸端詳，問是誰寫的？拍戲用道具，他說他寫的，吶大筆小筆墨硯，都是他的。當時他深深被老婆篤信不疑的樣子所打動。這時他恍然大悟，那是一個陷阱，以天眞和無知做餌。

強風颳過嘩擦擦掀起百葉窗再摔下，他翹首望一眼簷外，遠天閃著紫青電光，麻將牌搓得豁響，頃刻降下雷雨。那樣的夜晚他會排除萬難早早趕回家，剛結婚住在丈母娘家。雷雨會把他們的聲音蓋住因此老婆比較放輕鬆。

戀曲一九九〇，小蠻腰在唱。炮筒傳遞著呼。女人總讓男人錯以爲她們的幼小，世故深藏於內，她們只是不好叫男人難堪罷了。他矇矓不知，應該感謝，或者更加覺得恐怖。小萬說，空中最近來了一個紅玫瑰。

小萬有一支雙頻手扒雞，夜來沒事便開上一四五頻道打屁。公共跑道一四五·八二〇兆赫，對盤的雙雙帶開自去屁。一機在手，無遠弗屆。光大屁股坐馬桶上或浴缸裡，隨聲音駕起跟斗雲一翻五萬五千里，空中遇見，話不投機，推說要小便，對不起有內線電話，頓可離網逃逸。最近來了個紅玫瑰，紅玫瑰呼叫你。紅玫瑰呼叫探子馬，聽到請回答。現在收你滿檔倒彈，插花請講。邀人吃消夜，三日遊。爲了她，各路好漢互相以高功率訊號壓倒對手，結果殺出一位天才生手，他媽居然把友台帶到一四四和一四六的頭帶上，五十瓦大出力主機，兩驃子天南地北如入無人之境。殊不知這兩處禁地正是條子大人的地盤，蓋台，各位警察伯伯叔叔阿姨全聽他倆屁啦。傳言條子準備颳颱風，香腸族就全省連線，集體蓋台。

宋子曾經跟他盟約。因爲宋子最怕年老時得到老年癡呆症，若那樣一定要把他斃了。那時他們眞年輕，同間屋裡一起軋，軋完換過馬子立刻又可軋。馬子笑他怎麼沒有宋子大。廢話，宋子一百七十八公分多高啊，我那麼大我放哪裡呢你說。

他去打電話給老婆。把老婆吵醒來，結婚十週年，辛苦啦。

老婆問他幾點回，要不要等他回來下麵條還是水餃。

快兩點了，先睡，餓的話我自己下。

他不怕老年癡呆症。因爲那之前，如果他活得還夠老，必定他的王國早已通行最少兩種語言，日本話，以及小毛弟現在唸的蒙特梭利雙語幼稚園，美國話。他會在老婆與兒子們用他完全不瞭的語言交談中不斷猜測，疑忌，自慚，漸漸枯萎而死。面對著一座座KTV玻璃屋裡無數閃跳如星辰的螢光幕，和舞池池壁上奔騰湧現的MTV牆，他這樣預言了自己將來。

華燈正亮，夜的生活如火如荼進行著，另一個聽得到卻看不見的空中城市也在夜幕下成形，無線電對講機城市。夜愈深，空中交通愈頻繁，直到朝陽昇起，銷聲匿跡。紅玫瑰呼叫藍襪子，通往不久將來的呼叫聲裡，翔哥願望著年老凋瘦時，他的老婆至少仍容許他在她裡面借放一下可以嗎。

一九九〇・三・廿五・寫完

一九九〇・四・十六、十七《自立早報》

世紀末的華麗

這是台灣獨有的城市天際線，米亞常常站在她的九樓陽臺上觀測天象。依照當時的心情，屋裡燒一土撮安息香。

違建鐵皮屋佈滿樓頂，千萬家篷架像森林之海延伸到日出日落處。我們需要輕質化建築，米亞的情人老段說。老段用輕質沖孔鐵皮建材來解決別墅開天窗或落地窗所產生的日曬問題。米亞的樓頂陽臺也有一個這樣的棚，倒掛著各種乾燥花草。

米亞是一位相信嗅覺，依賴嗅覺記憶活著的人。安息香使她回到那場八九年春裝秀中，淹沒在一片雪紡、喬其紗、縐綢、金蔥、紗麗、綁紮纏繞圍裹垂墜的印度熱裡，天衣無縫，當然少不掉錫克教式裹頭巾，搭配前個世紀末展露於維也納建築繪畫中的裝飾風，其間翹楚克林姆，綴滿亮箔珠繡的裝飾風。

米亞也同樣依賴顏色的記憶。比方她一直在找有一種紫色，想不起來是什麼時候和地方見過，但她確信只要被她遇見一定逃不掉，然後那一種紫色負荷的所有東西霎時都會重現。不過比起嗅覺，顏色就遲鈍得多。嗅覺因爲它的無形不可捉摸，更加銳利和準確。

鐵皮篷架，顯出台灣與地爭空間的事實，的確，也看到前人爲解決平頂燠曬防雨所發明內外交流的半戶外空間。前人以他們生活經驗累積給了我們應付台灣氣候環境的建築方式，輕質化。不同於歐美也不同於日本，是形式上的輕質，也是空間上輕質，視覺上輕質，爲烈日下擁塞的台灣都市尋找紓解空間。貝聿銘說，風格產生由解決問題而來。如果他沒有一批技術人員幫他解決問題，羅浮宮金字塔上的玻璃不會那樣閃閃發亮而透明，老段說。

老段這些話混合著薄荷氣味的藥草茶。當時他們坐在棚底下聊天，米亞出來進去沏茶。清洌的薄荷藥草茶，她記起九〇年夏裝海濱淺色調。那不是加勒比海繽紛印花布，而是北極海海濱。幾座來自格陵蘭島的冰山隱浮於北極海濛霧裡，呼吸冷凍空氣，一望冰白，透青，纖綠。細節延續八九年秋冬蕾絲鏤空，轉爲魚網般新鏤空感，或用壓褶壓燙出魚鰭和貝殼紋路。

米亞與老段，他們不講話的時刻，便做爲印象派畫家一樣，觀察城市天際線日落造成的幻化。將時間停留在畫布上的大師，莫內，時鐘般記錄了一日之中奇瓦尼河上光線的流動，他們亦耽美於每一刻鐘光陰移動在他們四周引起的微細妙變。蝦紅，鮭紅，亞麻黃，蓍草黃，天空由粉紅變成黛綠，落幕前突然放一把大火從地平線燒起，轟轟焚城。他們過份耽美，在漫長的賞歎過程中耗盡精力，或被異象震懾得心神俱裂，往往竟無法做情人們該做的愛情事。

米亞願意這樣，選擇了這種生活方式。開始也不是要這樣的，但是到後來就變成唯一的選擇。

她的女朋友們，安，喬伊，婉玉，寶貝，克麗絲汀，小葛，她最老二十五歲。黑裡俏的安永遠在設法把自己曬得更黑，黑到一種程度能夠穿螢光亮的紅、綠、黃而最顯得出色。安不需要男人，安說她有頻率震盪器。所以安選擇一位四十二歲事業有成已婚男人當做她的情人，已婚，因爲那樣他不會來煩膩她。安做美容師好忙，有閑，還要依她想不想，想才讓他約她。對於那些年輕單身漢子，既缺錢，又毛躁，安一點興趣也沒有的。

職業使然，安渾身骨子裡有一股被磨砂霜浸透的寒氣滲出。說寒氣，是冷香，低冷低冷壓成一薄片鋒刀逼近。那是安。

日本語彙裡發現有一種灰色，浪漫灰。五十歲男人仍然蓬軟細貼的黑髮但兩鬢已經飛霜，喚起少女浪漫戀情的風霜之灰，練達之灰。米亞很早已脫離童騃，但她也感到被老段浪漫灰所吸引，以及嗅覺，她聞見是只有老段獨有的太陽光味道。

那年頭，米亞目睹過衣服穿在柳樹粗椏跟牆頭間的竹竿上曬。還不知道用柔軟精的那年頭，衣服透透曬整天，堅質糲挺，著衣時布是布，肉是肉，爽然提醒她有一條清潔的身體存在。媽媽把一家人的衣服整齊疊好收藏，女人衣物絕對不能放在男人的上面，一如堅持男人衣物曬在女人的前面。她公開反抗禁忌，幼小心智很想試測會不會有天災降臨。柳樹砍掉之後，土地徵收去建國宅，姐姐們嫁人，媽媽衰老了，這一切成爲善良回憶，一股白蘭洗衣粉洗過曬飽了七月大太陽的味道。

良人的味道。那還摻入刮鬍水和菸的氣味，就是老段。良人有靠。雖然米亞完全可以養活自己不拿老段的錢，可是老段載她脫離都市出去雲遊時，把一疊錢交給她，由她沿路付賬計算，回來總剩，老段說留著吧。米亞快樂的是他使用錢的方式把她當成老婆，而非情人。

白雲蒼狗，川久保玲也與她打下一片江山的中性化俐落都會風決裂，倒戈投入女性化陣營。以紗，以多層次線條不規則剪裁，強調溫柔。風訊更早已吹出，發生在八七年開始，邪惡的墮落天使加利亞諾回歸清純！一系列帶著十九世紀新女性的前香奈爾式套裝，和低胸緊身大篷裙晚禮服，和當年王室最鍾愛穿的殖民地白色，登場。

小葛業已拋置大墊肩，三件頭套裝。上班族僵硬樣板猶如圍裙之於主婦，女人經常那樣穿，視同自動放棄女人權利。小葛穿起五〇年代的合身，小腰，半長袖。一念之間了豁，爲什麼不，她就是要佔身爲女人的便宜，愈多女人味的女人能從男人那裡獲利愈多。小葛學會降低姿態來包藏禍心，結果事半功倍。

垂墜感代替了直線感，厭穊喜絲。水洗絲砂洗絲的生產使絲多樣而現代。嫘縈由木漿製成，具棉的吸濕性吸汗，以及棉的質感而比棉更具垂墜性。嫘縈雪紡更比絲質雪紡便宜三分之一多。那年聖誕節前夕寒流過境，米亞跟婉玉爲次年出版的一本休閒雜誌拍春裝，燒花嫘縈系列幻造出飄逸的敦煌飛天。米亞同意，她們賺自己的吃自己的是驕傲，然而能夠花用自己所愛男人的錢是快樂，兩樣。

梅雨潮濕時嫘縈容易發霉。米亞憂愁她屋裡成缽成束的各種乾燥花瓣和草莖，老段幫她買了一架除濕機。風雨如晦，米亞望見城市天際線彷彿生出厚厚墨苔。她喝辛辣薑茶，去濕味，不然在卡帕契諾泡沫上撒很重的肉桂粉。

肉桂與薑的氣味隨風而逝，太陽破出，滿街在一片洛可可和巴洛克宮廷紫海裡。電影阿瑪迪斯效應，米亞回首望去，那是八五年長夏到長秋，古典音樂卡帶大爆熱門。

八七年鳶尾花創下天價拍賣紀錄後，黃，紫，青，三色系立刻成爲色彩主流。梵谷引動了莫內，姹藍，妃紅，嫣紫，二十四幅奇瓦尼的水上光線借衣還魂又復生。大溪地花卉和橙色色系也上來，那是高更的。高更回顧展三百餘幀展出時，老段偕他二兒子維維從西德看完世界盃桌球錦標賽後到巴黎正好逢上，回來送她一幅傑可布與天使摔角。

因爲來自歐洲，用色總是猶疑不決，要費許多時間去推敲。其實很簡單，只要順性往畫布上塗一塊紅塗一塊藍就行了。溪水中泛著金黃色流光，令人著迷，猶疑什麼呢？爲什麼不能把喜悅的金色傾倒在畫布上？不敢這樣畫，歐洲舊習在作祟，是退化了的種族在表現上的羞怯。大溪地時期高更熱烈說。老段像講老朋友的事講給她聽。

老段和她屬於兩個不同生活圈子，交集的部份佔他們各自時間量上來看極少，時間質上很重。都是他們不食人間煙火那一部份，所以山中一日世上千年提煉成結晶，一種非洲東部跟阿拉伯產的樹脂，貴重香料，凝黃色的乳香。

乳香帶米亞回到八六年十八歲，她和她的男朋友們，與大自然做愛。這一年台灣往前大跨一步，直接趕上流行第一現場歐洲，米亞一夥玩伴報名參加誰最像瑪丹娜比賽，自此開始她的模特兒生涯。體態意識抬頭，這一年她不再穿寬鬆長衣，卻是短且窄小。瑪丹娜褻衣外穿風吹草偃颳到歐洲，她也有幾件小可愛，緞子，透明紗，麻，萊克布，白天搭麂皮短裙，晚上換條亮片裙去 Kiss 跳舞。

她像貴重乳香把她的男生朋友們黏聚在一起。總是她興沖沖號召，大家都來了。楊格，阿舜跟老婆，歐，螞蟻，小凱，袁氏兄弟。有時是午夜跳得正瘋，有時是椰如打烊了已付過帳只剩他們一桌在等，人到齊就開拔。小凱一部，歐一部，車開上陽明山。先到三岔口那家 7-eleven 購足吃食，入山。

山半腰箭竹林子裡，他們並排倒臥，傳五加皮仰天喝，點燃大麻像一隻魑魑紅螢遞飛著呼。呼過放弛躺下，等。眼皮漸漸瘦重闔上時，不再聽見濁沉呼吸，四周轟然抽去聲音無限遠拓蕩開。靜謐太空中，風吹竹葉如鼓風箱自極際彼端噴出霧，凝為沙，捲成浪，乾而細而涼，遠遠遠遠來到跟前拂蓋之後嘩刷褪盡。裸寒眞空，突然噪起一天的鳥叫，乳香瀰漫，鳥聲如珠雨落下，覆滿全身。我們跟大自然在做愛，米亞悲哀歎息。

她絕不想就此著落下來。她愛小凱，早在這一年六月之前她已注目小凱。六月 *MEN'S NON-NO* 創刊，台北與東京的少女同步於創刊號封面上發現了她們的王子，阿部寬，以後不間斷蒐集了二十一期男人儂儂連續都是阿部寬當封面模特兒。小凱同樣有阿部寬毫無脂粉氣的濃挺劍眉，流著運動汗水無邪臉龐，和專門為了談戀愛而生的深邃明眸。小凱只是沒有像阿部寬那樣有男人儂儂或集英社來做大他，米亞抱不平想。

因此米亞和小凱建立了一種戰友式情感，他們向來是服裝雜誌廣告上的最佳拍檔。小凱穿上倫敦男孩的一些 heavy 一些叛逆，她搭合成皮多拉鍊夾克，高腰短窄裙，拉鍊剖過腹中央，兩邊雞眼四合釦一列到底，用金屬鍊穿鞋帶般交叉繫綁直上肋間，鐵騎錚響，宇宙發飆。小凱長得太俊只愛他自己，把米亞當成是他親愛的水仙花兄弟。

米亞也愛楊格。鳥聲歇過，他們已小寐了一刻，被沉重露水濕醒，紛紛爬起來跑回車上。楊格拉著她穿繞朽竹尖枝，溫熱多肉的手掌告訴她意思。但米亞還不想就定在誰身上，雖然她實在很愛看楊格終年那條李維牛仔褲，卡其色棉襯衫一輩子拖在外面，兩手抄進褲口袋裡百般聊賴快要變成廢人。她著迷於牛仔褲的舊藍和洗白了的卡其色所造成的拓落氛圍，爲之可以衝動下嫁。但米亞從來不回應楊格投過來的眼神，不給他任何暗示和機會。他們最後鑽進車裡，駛上氣象觀測臺。

水氣和雲重得像河，車燈破開水道逆流奮行，來到山頂，等。歐拈出一紙符片，指甲大小，分她一半含在舌尖上，化掉後她逐漸激亢顫笑不止，笑出淚變成哭也止不住，歐把車箱裡一件軍用大衣取出，連頭連身當她粽子一包，塞在袁氏兄弟臂下穩固。她愛歐敞開車門，音響轉到最大，水霧中隨比利珍曲子起舞，踩著麥可傑克森的月球漫步。

終於，看哪，他們等到了，前方山谷浮昇出一橫座海市蜃樓。雲氣是鏡幕，反照著深夜黎明前台北盆地的不知何處，幽玄城堡，輪廓歷歷。

米亞漲滿眼淚，對城堡裡酣睡市人賭誓，她絕不要愛情，愛情太無聊只會使人沉淪，像阿舜跟老婆，又牽扯，又小氣。世界絢爛她還來不及看，她立志奔赴前程不擇手段。物質女郎，爲什麼不呢，拜物，拜金，青春綺貌，她好崇拜自己姣好的身體。

下山洗溫泉，車燈衝射裡一路明霧飛花天就亮了。熬整夜不能見陽光，戴上墨鏡，一律復古式小圓鏡片，他們自稱是吸血鬼，群鬼泡過澡躺在大石上睡覺。硫磺煙從溪谷底滾升上來，墨鏡裡太陽是一塊金屬餅。米亞把錄音帶帶子拉出，迎風咻咻咻向太陽蛇飛去，她牢牢盯住帶子，褐色帶子便成了一道箭軌帶她穿過沌黃穹蒼直射達金屬餅上。她感覺一人站在那裡，俯瞰眾生，莽乾坤，鼎鼎百年景。

八六年到八七年秋天，米亞和她的男朋友們耽溺玩這種遊戲，不知老之將至。十月皮爾卡登來台灣巡察他在此地的代理產品，那個月阿部寬穿著玫瑰紅開絲米尖領毛衣湖藍領帶出現於男人儂儂封面上，且躍登銀幕與南野陽子演出時髦小姐走過去了。卻不知何故令她惘然若有所失。夕日之間，她發覺不再愛阿部寬。她的蒐集至次年二月終止，茫茫雪地阿部寬白帽白衣摟抱著白色秋田犬光燦笑出健康白齒的第二十一期封面，多麼幼稚。那是只有去沒有回單向流通的不平等待遇，就算她愛死阿部寬，阿部寬仍然是眾人的不會分她一點笑容。她奇怪居然被騙，阿部寬其實是一個自信自戀的傢伙永遠眼中無他人。女人自戀猶可愛，男人自戀無骨氣。

米亞便不想玩了。沒有她召集，男朋友們果然也雲消霧散，各闖各，至今好多成爲同性戀，都與她形同姐妹淘的感情往來。

分水嶺從那時候開始。恐懼AIDS造成服裝設計上女性化和紳士感，中性服消失。米亞告別她從國中以來歷經大衛鮑依，喬治男孩和王子時期雌雄同體的打扮。

那年頭，脫掉制服她穿軍裝式，卡其，米色系，徽章，出入西門町，迷倒許多女學生。十五歲她率先穿起兩肩破大洞的乞丐裝，媽媽已沒有力氣反對她。儘管當年不知，她始終都比同輩先走在山本耀司三宅一生他們的潮流裡。即使八四年金子功另創一股田園風，鄉村小碎花與層層荷葉邊，米亞讓她的女友寶貝穿，她搭礦灰騎師夾克，樹皮色七分農夫褲底下空腳布鞋，雙雙上麥當勞吃情人餐。寶貝腕上戴著刻有她名字的鍍金牌子，星月耳環，一隻在寶貝右耳，一隻在她左耳。三一冰淇淋那一年出現，三十一種不同口味色彩繽紛結實如球的冰淇淋，寶貝過山羊座生日，兩人互相請，冰天凍地，敞亮如花房暖室，她們編織未來合夥開店的美夢。

這半生她最對不起寶貝。首次她以斜紋牛仔布胸罩代替襯衫穿在短外套裡，及臀棉窄裙，身段畢露準備給玩伴們吃一大驚時，寶貝極不高興，反應過度貶她一通。寶貝變得好像媽媽，愈反對她愈異議。帶頭把玩伴很快捲入瑪丹娜旋風，決賽時各方媒體來拍。往後她看到有一支MTV，把她們如假包換的一群瑪丹娜跟街上吳淑珍代夫出征競選立法委員的宣傳車，跟柯拉蓉和平革命飛揚如旗海的黃絲帶，交錯剪接在一起。熱火火圈子又結識另外一批人她的男朋友們，寶貝愈漂愈遠，偶一回眼，她會看到漣漪淡去的遠處寶貝用寂寞的眼睛譴責她。

二十歲她不想再玩，女王蜂一般酷，賺錢。羅蜜歐吉格利崛起，心儀龐貝古城壁畫的義大利設計師，採緊身裹纏線條發揮復古情懷。米亞將鬈髮中分攏後盤起，裸出鼻額，肩頭，和鵝弧頸項，宛如山林女神復生。她遇見老段。

寶貝約她出來長談。因為聽說她跟人同居，竟然想勸服她離開那個已婚男人。她傲慢拒絕，把忠言全部當成是寶貝自己私心。寶貝對她如死諫，她冷冷像看一個心機已暴現無遺卻渾然不覺的拙劣角色在搬演，充塞著寶貝一貫的香水氣味，Amour Amour，愛情愛情。好陳腐的氣味，隨時令她記起這天下午呆滯出汗的窗樹，木棉花像橘紅塑膠碗蹲滿樹枝。寶貝傷痛哭起來，她悶怒離去。

不久她接到寶貝的結婚喜帖，地址是寶貝的字，帖裡除印刷體外隻字無。喜帖極普通不過，肥香衝鼻臭，陌生名字的新郎，廉價無質感名字的新郎父母親，寶貝用這種方式懲罰她。她很生氣有人會如此作賤自己，不去參加寶貝的婚禮。

音訊斷絕。隔年法國大革命兩百週年，聞知寶貝到榮總生產，她在永琦買好了紅白藍國旗色包裝的革命糖打算探望寶貝，許多事情打岔便岔過去了，直到傳聞寶貝離婚，開一家花店，女兒才三歲。

九二年冬裝，帝政遺風仍興。上披披風斗篷，下配緊身褲或長襪，或搭長及膝上的靴子。台灣沒有穿長靴的氣候，但可以修正腿與身體比例，鶴勢螂形。織上金線，格子，豹點圖案的長襪成為冬季主題。她帶著三年前買的革命糖去寶貝花店，三年後革命糖已不再上市，因此升值為骨董絕版品，稀珍之物。

花店，原來也賣吃。寶貝坐在紫籐圓桶凳上的背影，婦人身材穩實像一尊磐石。她躡足進去從後面一把蒙住寶貝眼睛，this is rape，這是搶劫。她很早以前從色情錄影帶上看到的用來嚇寶貝，日後變成她們之間親密的招呼。寶貝閃脫開，半身藏在花櫃側，喜怒參半，嘴上就一直怪責不先通知害她這樣沒有打扮醜死了。這一刻米亞但願自己顯得老黯些，絕非歲月不驚的重逢。那麼是不是她在店裡等，讓寶貝回家梳頭換衣服，還是下次再來。寶貝選擇約期再見，她們便也不及任何敘舊，如往日，向寶貝飛了吻道別。

花店現在是她們女伴常常會聚的地盤，地段貴，巷內都是小門面精品店。米亞嗅見一家一家店，有些是顏色帶來的，有些是佈置和空間感，她穿過巷子像走經一遍世界古文明國。繁複香味的花店有若拜占庭刺繡，不時湧散一股茶咖啡香，喚醒邃古的手藝時代。喬伊管花店吃食，都是自家烘製的水果蛋糕，契司派，麥片餅乾，花瓣布丁。

米亞正好有一筆進項，拿給寶貝投資店。寶貝佔三分之一股，另外兩個合夥人一是前夫，一是做陶朋友，他們都說不認識米亞婉謝了她。被排拒，倒是高興。在兩人盈虧的感情天平上，她這端似乎補上了一丁點重量。

復古走到今年春天，愈趨淫晦。東方式的淫，反穿繡襖的淫，米亞已行之經年領先米蘭和巴黎。她駐足於花店對面拉克華，窗景只有一件摩洛哥式長外衣，象牙色粗面生絲布與同色裝潢跟燈光溶成漠漠沙地，稀絕的顏色是，大馬士革紅織錦嵌滿紫金線浮花，從摺起的一角衣襬露出，從寬敞袖筒中窺見。米亞聞見神祕麝香。

印度的麝香黃。紫綢掀開是麝黃裡，藏青布吹起一截桃紅衫，翡翠緞翻出石榴紅。印度搏其神祕之淫，中國獲其節制之淫，日本使一切定形下來得風格化之淫。

一面富麗堂皇復古，一面懺悔回歸大自然。八九年秋冬拉克華推出豹紋帽，莫斯奇諾用豹紋滾邊，法瑞綜合數種動物花紋外套，老虎，斑馬，長頸鹿，蛇皮。令人緬懷兩百年前古英帝國，從殖民地進口的動物裝飾品像野火燒遍歐洲大陸。

當然都是假皮紋。生態保護主義盛興下，披掛眞品不僅干犯眾怒，也很落伍。不要做流行的奴隸，做你自己，莫斯奇諾名言。那是騙人的，米亞幾乎可以看見莫斯奇諾在他的米蘭工作室內對她頑黠眨眼說。

人造毛皮成爲九〇年冬裝新寵，幾可亂眞，又不違反保護動物戒令。但是何苦亂眞呢，豈非蠢氣。不如贗品自我解嘲，倒更符合現代精神，一點機智一點cute。布希夫人頸上一組三串售價僅一百五十美元的人造珠，尚且於八九年冬末掀起佩戴眞珠項鍊熱潮。米亞的九一年反皮草秀，染紅染綠假皮毛及其變奏，俏達又蜚興。

環保意識自九〇年春始，海濱淺色調，沙漠柔淡感。無彩色系和明灰色調，不同於八〇年代中性色的，九〇年蛋殼白，珍珠灰，牡蠣黑，象牙黃，貝殼青。自然即美，米亞丟掉清楚分明的眼線液和眼線筆，眼影已非化妝重點。凸顯特色，而不修飾臉型，顴骨高低何妨，腮紅遁走。杏仁色，奶茶色，光暗比例消失，疆界泯滅，清而透。粉底，梨子色的九〇年代更移了八〇年代橄欖膚色。

老段使米亞沉靜，她日漸已脫離誇張的女王蜂時期。合乎環保自然邏輯，微垂胸部和若即若離腰部線條，據稱才是眞正的性感。

再度單身，寶貝每個星期六去前夫家接女兒出來共度週末。花店晚上八點半打烊，留一盞銅燭台點著靛藍蠟燭。有時和米亞一起吃消夜，有時到米亞家喝她新配方的藥草茶，把老段丟在一角聽音樂，她們講不完的悄悄話而老段著實插不進。寶貝女兒天蠍座，尾後帶鉤的，難纏。她們三人出遊時，寶貝開車，她抱小天蠍坐旁邊，或在後座玩，寶貝從後照鏡看著她跟女兒。米亞預見，寶貝終將選擇了這樣的生活方式度過罷。

克麗絲汀自許是睡衣派女人，一批堅拒穿任何制服的頑固份子，例如女強人的三件頭套裝。憎惡頸部受到領子任何一點壓力，她們穿法國式的最愛，直筒長T恤連衣裙。無領，V字領，船型領，細肩帶針織棉衫，鑲一圈米碎花邊。

婉玉便是可憐的行動派女人。擅於實現別人夢想，老公情人兒子的，爲了自我犧牲抑或爲了不讓他人失望，忙碌不已。她們甚同情婉玉，行動派女人，留給自己一些空白吧，大哭一場也好，瘋狂購物也好，或只是坐著發呆，都好。

米亞卻恐怕是個巫女。她養滿屋子乾燥花草，像藥坊。老段往往錯覺他跟一位中世紀僧侶在一起。她的浴室遍植君子蘭，非洲菫，觀賞鳳梨，孔雀椰子，各類叫不出名字的綠蕨。以及毒艷奪目的百十種浴鹽，浴油，香皀，沐浴精，彷若魔液煉製室。所有起因不過是米亞偶然很渴望把荷蘭玫瑰的嬌粉紅和香味永恆留住，不讓盛開，她就從瓶裡取出，紮成一束倒懸在窗楣通風處，爲那日日褪暗的顏色感到無奈。當時她才鬧翻搬離大姐家，逃開大姐職業婦女雙薪家庭生活和媽媽的監束，脫網金魚，馬上面臨大海覓食的脅迫感，抓狂賺錢。碰到有些場合拮据玩不起時，她會擺出玩夠了不想再玩看破紅塵的酷模樣，超然說她要回家睡覺了。的確她也努力經營自己的小窩，便在這段日子與那束風乾玫瑰建立起患難情結。

她目睹花香日漸枯淡，色澤深深黯去，最後它們已轉變爲另外一種事物。宿命，但還是有機會，引起她的好奇心。再掛上一叢滿天星做觀察，然後一捧矢車菊，錦葵，貓薄荷，這樣啓始了各類屬實驗。

老段初次上來她家坐時，桌子尚無，茶咖啡皆無，唯有五個出色的大墊子扔在房間地上，幾綑草花錯落吊窗邊，一陶鉢黃玫瑰乾瓣，一籐盤皺乾檸檬皮柳丁皮小金橘皮。他們席地而坐，兩杯百分之百橙汁，老段一手拿著洗淨的味全酸酪盒杯當菸灰缸，抽菸講話。問她墊子是否分在三處不同的地方買到，米亞驚訝說是。那兩個蠟染的是一處，那兩個鬱金香圖案進口印花布的是一處，這個繡著大象鑲釘小圓鏡片的是印度貨，還有這兩隻馬克杯頗後現代。米亞眞高興她費心選回的家當都被辨識出來，心想要買一個好的菸灰缸放在家裡。次日她也很高興，她的屋子是如此吃喝坐臥界限模糊，所以就那麼順水推舟的把他們推入纏綿。

老段而且把蘇聯紅星錶忘在她家，隔日來取錶，仍然忘，又來，又忘。男女三日夜，廢耕廢織，米亞差點把一場先施的亞曼尼秋裝展示耽誤掉。不是辦法，都說分手得好，紅星錶送給她做紀念，他也得恢復工作。

米亞屋裡溢滿百香果又酸又甜的蜜味，像金紅色火山岩漿溢出窗縫，門縫，從陽臺電梯流瀉直下灌滿寓樓。爲了等老段說不定打電話仍來，她整天吃掉一簍百香果，用匙子挖，一杓一杓放進嘴裡，至晚上酸液快把鋼匙和她的手指牙齒潰蝕了，才停止，蒙頭倒睡。大大小小的百香果空殼弄乾淨鋪在陽臺上風曬，又叫羅漢果，鴉鴉似一臺羅漢頭，米亞非常懊喪。早晨她提了背包離家，決心不理拍廣告的通告，因此失業也算了。她只是不要傻瓜一樣等電話，變成一米軟蟲黐咀苦果。

她買了票隨便登上一列火車，隨便去哪裡。出總站，鐵道兩邊街容之醜舊令她駭然，她從未經過這個角度來看台北市。愈往南走，陌生直如異國，樹景皆非她慣見。票是台中，下車。逛到黃昏跳上一部公路局，滿廂乘客鑽進來她一名外星人。車往一個叫太平鄉的方向，愈走天愈暗，颳來奇香，好荒涼的異國。她跑下車過馬路找到站牌，等回程車，已等不及要回去那個聲色犬馬的家城。離城獨處，她會失根而萎。當她在國光號裡一覺醒來望見雪亮花房般大窗景的新光百貨，連著塞滿騎樓底下的服飾攤，轉出中山北路，樟樹槭樹蔭隙裡各種明度燈色的商店，上橋，空中大霓虹牆，米亞如魚得水又活回來了。

去找袁氏兄弟。袁爸爸開一家鋼琴吧，設在大樓地下室，規定不准立招牌，他們便僱一輛小卡車佈置爲招牌每晚停到樓前面。釘滿霓管的看板，銀紅底奔放射出三團流金字，謎中謎。大袁衰運服兵役去，小袁見她來，興奮教她一種玩法，將接進大樓的霓管電源切掉插上自備電瓶，叫她上車，兜風。駕著火樹銀花風馳過高架路，繞經東門府前大道中正紀念堂回來。米亞得意給小袁看她腕上的紅星錶，剝下借小袁戴幾天。

這才是她的鄉土。台北米蘭巴黎倫敦東京紐約結成的城市邦聯，她生活之中，習其禮俗，游其藝技，潤其風華，成其大器。

面臨女性化，三宅一生改變他向來的立體剪裁，轉移在布料發揮。用壓紋來處理雪紡和絲，使料子顯出與原質完全相反的硬感，柔中現剛，帶著視覺冒險意味。鰭紋，貝殼紋，颱風草紋，棕櫚葉直紋，以壓紋後自然產生的立體效果來取代立體剪裁，再以交叉縫接，未來感十足，仍是他的任性和奇拔。

漢城奧運全球轉播時，聖羅蘭和維瑟斯皆不諱言，花蝴蝶葛瑞菲絲的中空、蕾絲緊身褲，可讓手腳大幅度擺作方便運動的剪裁法，已出現在他們外出服宴會服的設計中。

米亞年幼期看過電視上查理王子黛安娜王妃的世紀婚禮，黛妃髮人人效剪。這次童話故事沒有完，繼續說，可哀啊。

老段就又來看米亞。米亞快樂衝前去抱住他脖子，使他措手不及踉蹌跌笑。敞著房門電梯通道上，米亞像小猴子牢牢攀吊在母猴身上再不下來的，老段只好趕快拖抱回房，對她的熱情有些窘迫不會應付。米亞很愛使力抱起他看能不能把他抱離地面一吋，不然雙足踩在他腳背上，兩人環抱著繞屋裡走一圈。都使老段甚感羞拙，是情人，稚齡也夠做她女兒。

等她出嫁的時候，老段說，他的金卡給她任意簽，傾家蕩產簽光。米亞靜靜聽，沒有說什麼。隔天老段急忙修正，不應該說嫁不嫁人的話，此念萌生，災況發生時，就會變成致命的弱點阿奇里斯腳踝，因爲米亞是他的。隔不久老段又修正，他的年齡他會比較早死，後半生她怎麼辦，所以，聽天由命罷。米亞低眉垂目慈顏聽，像老段是小兒般胡語。

正如秋裝注定以繼夏裝，熱情也會消褪，溫澹似玉。米亞從乾燥花一路觀察追蹤，到製作藥草茶，沐浴配備，到壓花，手製紙，全部無非是發展她對嗅覺的依賴，和絕望的為保留下花的鮮豔顏色。

老段他們公司伉儷檔去國家公園森林浴回來，撿給她一袋松果松針杉瓣。她用兩茶匙肉桂粉，半匙丁香，桂花，兩滴薰衣草油，松油，檸檬油，松果絨翼裡加塗一層松油，與油加利葉扁柏玫瑰花葉天竺葵葉混拌後，綴上曬乾的辣紅朝天椒，荊果，日日紅，鋪置於原木色槽盆裡，聖誕節慶風味的香缽，放在老段工作室。

最近我們重新用洗石子做轉角細部處理，過去都是洗寒水石，現在希望洗三分的宜蘭石，讓老一輩的技術能夠有一個新視野，也是解決磁磚工短缺的辦法。Dink族與單身貴族的住宅案，老段想幫米亞訂一間。但米亞喜歡自己這間頂樓有鐵皮篷陽臺的屋子，她可以曬花曬草葉水果皮。罩著藍染素衣靠牆欄觀測天象，曠風吹開翻起朱紅布裡。

她比老段大兒子大兩歲。二兒子維維她見過，像母親。城市天際線上堆出的雲堡告訴她，她會看到維維的孩子成家立業生出下一代，而老段也許看不到。因此她必須獨立於感情之外，從現在就要開始練習。

將廢紙撕碎泡在水裡，待膠質分離後，紙片投入果汁機，漿糊和水一起打成糊狀，平攤濾網上壓乾，放到白棉布間，外面加報紙木板用擀麵棒擀淨，重物壓置數小時，取出濾網，拿熨斗隔著棉布低溫整燙一遍。一星期前米亞製出了她的第一張紙箋，即可書寫，不欲墨水滲透，塗層明礬水。這星期她把紫紅玫瑰花瓣一起加入果汁機打，製出第二張紙。

雲堡拆散，露出埃及藍湖泊。蘿絲瑪麗，迷迭香。

年老色衰，米亞有好手藝足以養活。湖泊幽邃無底洞之藍告訴她，有一天男人用理論與制度建立起的世界會倒塌，她將以嗅覺和顏色的記憶存活，從這裡並予之重建。

一九九〇・四・十八

一九九〇・五・八、九《中國時報》

恍如昨日

包圍他的人籬總算拆開之後年輕人終於走上前來。

又被女孩們捧著筆記本地址簿或教科書空白處以及他的著作請求簽名，被女孩們擋住。他慣以老左派式親和力打破人我界限，佳時演講若一場充滿聖靈感召的佈道會，差時也有說書人活靈活現的眾樂樂。這是歷年度以來不知第百幾場演講，雖然炒冷飯，亦炒得色香味熱騰騰如初出茅廬。

年輕人，蠕蠕眾座中他早已注意到，煞青臉明白呈現出自瀆與自譴都太過度的糾扎狀態。沒頂之人眼神向他發出訊號，他不斷以手勢語氣目光回應著。散盡後等到他回顧的一眼年輕人依前來，顫抖，破聲，碎句的，問他，認不認識許素吟。

他驚訝說認識。經歷甚廣沒有什麼事會叫他驚訝，作戲成份多。你知道她？

年輕人搭下視線眼皮一陣亂顫像撲蛾。等他又問是她什麼人？

她是我嫂嫂，大嫂。年輕人說，她死了。

許素吟死了嗎，那個柳絮般白絨絨輕悄如貓走的女子。他爲答覆年輕人若青霜的臉色，也爲油然興起悼亡傷感，撇下主辦單位已經叫了車來不顧，攬住年輕人肅穆相詢。當下的熱忱都是真，他每陷在一時一刻的情境裡，正如每次衝動留給聽眾電話立刻就反悔。

他抄下電話給年輕人，用力握過手道別，上車後遂像氣球戳破軟在座位上。奇魅式演講無需有太多內容，也不靠準備，那麼忙何來時間準備，端看現場，來什麼人發什麼牌小叩小鳴大叩大鳴。草根生活經驗結合即興揮灑，演講更似大秀，依賴充沛體力多過言之有物。即使臨對差他兩代面孔線條和反應如陌生異族的新人類，只消更換一套符碼並無代溝障礙。把兒子女兒玩的樂子看的漫畫電視錄影帶聽的歌打的電玩崇拜的偶像通行的俚語，隨意露兩點，已足使在場新人類為之譁然傾倒。不必載道，但把人氣攬得旺絡，曲終奏雅附餐一客人生領悟，似偈似銘，雋永警言，行遍寶島無敵手。

他勤於擦亮敏感度，兒女們視他為進步大玩伴最令他引以為榮，鼓勵他跟緊時代脈動不落後。憑他的敏感，年輕人是愛慕嫂嫂的。長嫂若母，嫁到他們家養下兩個孩子便血癌早逝的美麗長嫂，給了年輕人膨脹的哀愁遐思。他甚表同情，轉過身已忘懷。

嫂嫂只要看見他消息都剪下來收在針線盒抽屜裡，年輕人說。

竹崎婆家，嘉義通往阿里山的中途小站。許多日式房子和日人留下的山櫻，漆紅小火車駛上山駛下山，駛出外面奔競的男人世界迢迢天涯啊，嫂嫂短暫的一生只有在天井裡仰望山櫻似朝霞盛開時，向年輕人淡淡說起往日曾經認識的他。他這樣想像著許素吟，軟癱的，是講演完的疲倦也是一種情悵，使人滿足而優渥。他渴望回到家在厚闊橡木書桌前窩下喝一杯墨郁的艾思酷索，聽一段CD海上絲路，明天星期日至少可以看掉兩張太陽系影碟。

春雷乍響，夜醒到書房抽支菸，春雨潺潺。創作是股能力不知而能行。他約會許素吟到新公園見面，在那裡嘴閉嘴緊緊親了她一口。他剛從南部上來台北突然置身於一片收音機和電晶體播放出來的京戲胡琴唱腔中，入夜即氾濫如潮葩子花香。新公園茂密榆葉銅錢疊銅錢的縫隙裡看得見月牙像一船酸檸檬片，夏天太陽落山太白金星斜吊登空。他最多產的日子，成名作都在那時候。後來比較知覺了些，可又到後來，很願意也很想但有一天到底明白，那股能力已經消失了。

失眠夜寒侵腳，爬回床上。太太抱怨他又把菸味帶進來。幾點了？

含糊其言兩點半鐘。

四點啦太太厭氣說，蟒蛇翻大浪拉過被單蒙住頭亦不足以表達她有多麼憎惡他又編謊。老劇情老台詞老情緒，常常演出。他決意要把那座暗夜裡長短針刻度亮著燐綠光的鬧鐘移走，好歹換新詞。

春雨不停，無法慢跑健身，骨頭生銹。年輕人居然打電話來，緊張口吃，久久講不出所以，會其意是說很想了解嫂嫂與他一段過去。解鈴人還需繫鈴人。他懊悔莫及，發誓絕對不再留電話給不相干者。凡事搞得嚴重的少年期，大可嗯啊漠視。電話敘往事敘著時，結果又答應出門相見，算爲許素吟罷，帶年輕人走一趟當年。

通用電子做裝配員的六〇年末年。服役完北來接續阿符的租屋考夜間部，白天走路過寶橋去通用上工，腳踏車如過江之鯽湧入廠內，下班柵門拉開像洩洪傾騰而出，衝斷幅窄搭滿吃食攤自助餐矮屋的保儀路。與年輕人約在公館東南亞，車停遠地巷子裡，以足代步。電影散場傘花蔽天底下漉漉人潮難渡，多久已脫離這樣鼻息近鼻息與人擠碰的克難時代。由奢入儉難，想回去車裡他可以隔開悶黏吐熱的四周，清爽保持褲管和銳跑不濺上濕泥，後悔星期假日奇怪就不會拒絕人大老遠跑來這裡攪得一身不方便。不便感，牽出忘失的生疏舊日。他利用盛裝半導體的小紙盒在裡面寫字，希望能和許素吟做明友，邀約星期天上午十點到中山堂見請她看電影，紙盒子偷偷放進她的工作枱抽屜裡。

年輕人倉皇撐一把五百萬人壽險的海灘遮陽傘出現，紅綠黃大傘篷對付鴨絨春雨霸佔著圓周半徑，引人側目。年輕人猜準他不會帶傘，特別找一支大的來。他鑽進傘下攀住年輕人臂膀，走到馬路上叫計程車，親絡狀彷彿只因爲共同心慕過的女子此刻必定在天之靈欣悅庇瞰著他們。

他開始導遊，那時沒有這座巨無霸高架橋，是個圓環，車滑入地下道出來，駛往新店方向。懷恩隧道辛亥路壓根無，去台北只有這條路就像現在木棉花都開了。不懂爲什麼用羅斯福的名字取路名，那傢伙最後把我們賣了的。星期天上午他在中山堂等到中午，許素吟沒有來，預料中事，認命並不沮喪，吃了一碗魯肉飯坐車回來唸書。白天到工廠遇見，仍然只是拿眼睛看著，話不曾講過半句。她坐枱前操作時從不駝背，脊椎似鋼製秀挺，側面唯小小鼻尖翹起。

未久他搭公路局經公館站許素吟上車來，望見眼睛都笑了。問她有沒有看到他寫的紙盒子，點頭說有，何以不來赴約呢？說是不熟不好意思。兩人面壁而立搖搖晃晃至她下車，還有兩站但他也一齊下來，陪她過馬路入巷子送到門口，跟別人分租一間房。計程車左轉保儀路他們下車，啊變了，也沒變。路雖然拓寬，兩邊招牌使出渾身解數競相奪豔，一戶連一戶密若叢林把路況逼窄，市招的俗豔色彩依舊熱帶似當年，出台北市就成邊陲，差距年年擴大。嫂嫂住過的巷子倒在，醒目霓招懸伸大道上，尋寶箭頭一路指示進來，昔日三層樓租家已改建爲賓館。

退出巷子朝前走。年輕人在他的聒噪獨白中慢慢鬆弛，不再拘謹眼皮或肌肉神經忽地亂跳。於是他再約會許素吟，她便答應了。去碧潭划船，新公園散步。啊軍營還在，圍牆內稀稀落落幾棟營房茂生雜樹卻佔鬧區這麼大地塊，眞不可思議。他很快升初級技術員，八百月薪調爲一千一百，吃廠裡，房租記得是二百五。在晶體細巧玻璃囊上印一道藍線紅線或各種功能記號，他負責監查橡皮烙子輕重距離磨損換新，印得剔亮形同工藝品。加工物嚴禁流出，有人將物從廠東北角丟出應接取走，牆外河岸蜿蜒而去。瞧那就是啦，白色廠房普魯士藍標識，通用電子改成了通用器材。

寶橋在望，當時那棟幃幕牆大樓沒有。放榜他考上夜間部，許素吟約他有事相告，神態鄭重叫他忐忑。仍去走碧潭吊橋，暑假滿河面嬉水人沸鍋餃子喧譁上天，女子執意不講話時冷峻莫測，任他變盡戲法也搏不得一笑。終至口乾舌燥逛到空軍公墓，修潔的階梯龍柏綠草坪和光鑑大理石墓碑鋪陳出歐美花園景觀，常有情侶來此坐談。許素吟在平滑水泥通道上走來走去鞋跟敲得空空響，敲空他腦髓癡呆看著藍天白雲，一架飛機劃過綿長漸湮開的絨粗凝結尾。許素吟蒙面哭起來，他驚惶失措一刻兒就也倒不出安慰的言語。黑暗大陸深淵女人心啊。

她說是騙他的。她只有讀完小學，身份證的學歷是鄉公所親友替她僞造，因爲應徵通用作業員要初中畢業。她很想很想繼續唸書，好羨慕與她同住讀商專的女孩。她都十七八歲了怎麼去唸初中，若考高中也沒有初中文憑。一直害怕他考上大學的話她是絕不能匹配他了，與其將來再失去他，不如現在分手吧。

有何關係，他委實不明白這也會構成問題。倒是輕鬆下來畢竟打破沉悶開口說話了，不論說什麼總好。他朝整坡地白崇崇的墳碑信誓旦旦，然也不認爲有何嚴重所以確實缺乏一份熱烈，令女子印證果然想法無誤，淒厲嚎下眼淚。他更不明白了。

至今他始知女子的直覺透視未來，非他魯鈍能及。他無事人像小狗歡搖著尾巴去找許素吟時，她卻涼淡的疏遠了他。她那時雪色的皮膚耀目據說是白血球過多。他想起她都是端麗坐在工作枱前的側面，通用電子的年代，於焉告別。

嫂嫂保存著他爲她拍的幾張黑白相片，年輕人取出給他。女子立在碧潭大石上一襲幾何圖案短洋裝，牛蹄鞋，是她最好的一套外出服。向朋友借的加農相機，仰角拍攝造出短身長腿伸展臺效果，景襯蕩蕩天地偶或削進半塊崖壁，藝術照呢同事們這樣羨慕，常常請他拍照。說不上是否失戀，因爲他似乎也不感到悲傷。開學後許多新鮮事吸引他，跋涉台北兩地太遠，下學年他便辭離搬到學校附近住，自那時未與許素吟連繫，到今天。

謝謝你，年輕人靦腆啓笑，謝謝你會跟這個無名小卒見面。

他把照片全部奉還，由年輕人保管罷，你比我更應該擁有這份紀念，他很感性說。

仍然單純的年輕人已徹底臣服於他人文氣息的對待方式。年輕人說，我以爲作家們都是傲高在上雲端看廝殺。

作家們？眞慚愧他已多年沒有新作問世卻照樣能魔力不減接受禮遇，堪稱轉型成功的一則案例。他們結束了這趟往事之旅，招車復返公館。繞一圈回來世景依然正在進行，不因個人興亡而變更。他目送年輕人不合時宜突兀的大篷傘浮沉於傘陣車流中沒去，荒夢初醒。

昔我往矣，楊柳依依，今我來思，雨雪霏霏。他看見自己不過是在吃老本，年輕時候闖出的聲名夠他提用到何時？銀行關門，他可以朽了。

不甘寂寞不甘被遺忘，他演講座談出席各種離奇的會議，資訊豐富無論外遇諮詢電檢風波鎘污染閣揆人選預測皆可談，行程排到明年春，樂力不疲幾乎以此爲業。沒有大師的年代，否則他亦頗具備青年導師資格，老來歸檔爲公正人士社會賢達。上廣播，登電視，必須不斷轉型升級。因爲創作是一種魔力，生於憂患死於安逸，腐舊咒言，不幸降臨他身上。

有了頭銜地位與無法降俗的生活格調，他的心力便要分配一半去經營。他的後半生不過都花在維持前半生拚下的門戶是這個悲劇嗎？他看見自己的演講秀有如出草收割人心，好像剛才他又擄獲了一顆年輕讀者的效死之心。當他努力集中另外一半心力把五馬分屍的精氣神鬥攏一處想要作些什麼，他才焦慮感到，魔力消散了。一虛百虛，隨之患上資訊虧遺恐懼症。

他未免太諂媚於時勢和青年學子，包括自己一雙兒女。儘管他瞥見女兒毫無坐相的岔開腿橫伸在桌几上看漫畫，一厚疊《魔女宅急便》，雖不滿意但可以接受。永遠讓太太扮黑臉管家，他最是講自由民主。汲汲於浩繁新知，資訊異變爲慾望黑洞，全部人投入也塡不滿，他已經有點食傷了。高素質優裕生活的深暗層，他隱隱恐懼有朝一日會透透倒味掉連字紙也不看時！攪亂了他，奇僧般忽來，忽逝，那個撐著大傘兀然出現於他軌道上的年輕人。

《魔女宅急便》，去年日本最賣座的電影，魔女限時專送到家。一度失去魔力無法騎帚飛行，魔女最後緊急借用拖把騎上去貫注運功毛髮噴炸沖上天空救人。他開車回家路上，恍如昨日魔力在不可測之遙處向他閃動，但他駛往的前方是再複製再模擬非原創的輝煌金燦新世界。

一九九〇．五．三．寫完

一九九〇．五．十三《中時晚報》

附錄

失去的假期

這是放假的第一天，冬雨裡突然暴晴，院子紅磚地頃刻都乾了。花臺上兩棵桂花樹有許多來不及蒸發的水珠，每一粒高速旋轉著陽光七彩，眨眼也無蹤。

是個好的開始。下午他把老婆和女兒送上飛機，呵呵整整兩個禮拜假期，他要痛快瓦解一下。兩個禮拜，再不會有人管制他抽菸、熬夜，逼他洗澡、吃水果，也不會有人要他參加一場黏土做成的各種麵食大餐，或叫他花五個小時用紙雕砌成一隻雷龍。他自由了。他幾乎是從光滑映人的出境大廳像溜冰那樣溜了出來，大大吸一口機場風和晴陽，可不是，空掛掛自由得竟有點寂寞呢。兩個禮拜，他總算可以把拖了三個月的劇本寫完了吧。

回到家裡已是深夜，不，凌晨三點半。今天他也總算可以跟朋友去ＫＴＶ不但唱過十二點，而且還稍微超過了郝伯伯的限定時間。他聽見廊角咕嚕嚕鳥叫，是鵪鶉，老婆教他每天不要忘記餵鵪鶉，糞積太多時要幫牠們篩篩，鋪沙若被牠們扒得稀薄了，可以去小坡庭園那裡挖一罐回來，當然如果他有耐心的話，最好是把沙子攤開曬過太陽之後乾乾燥燥的再鋪。他記著老婆的交待，進屋隨便脫掉衣一扔，倒成個大字呼呼就睡了。

早晨他被鳥叫吵醒，嗚嚕嚕，嗚嚕嚕，綿密的一聲疊一聲，跟著幾聲長鳴哦——哦——重複復重複。他賴床好一陣，才覺悟是自家的鵪鶉在吵。養了一年半的鵪鶉，從來沒聽過這種叫法，八成是餓了，還當牠是鄰居的小鳥好吵人。

出來看時，乍只見一隻。沒錯，灰白那隻母的不見了，剩下黑色公的。蹲近前端詳，發現放置食盒的這一角，鐵欄上沾著幾絲羽絨，再細一探，磨石地有些許拖擦的血漬。貓！貓幹的！他想起昨夜回來時一隻黑影竄上牆頭去。但是可能嗎？鐵欄的縫間這麼窄！

籠子被斜斜移開了離牆壁一呎，危機便出在這裡。籠子貼牆的這一面有三個柵門，中央大門，左右兩小門置掛塑膠盒，一給水，一給飼料。籠底的長方形淺盆鋪著沙子，像抽屜可取出來清理，抽屜跟籠欄之間極不密合，鵪鶉愛從之間伸出頸子啄食地上正在行走的螞蟻。老婆叮嚀他定要把籠子的這一面靠牆，原來是有道理的。那隻貓，原來跟他老婆一樣也知道這個祕密，必然窺伺很久了。籠子移動在地面留下一扇弧痕，他宛如目睹那隻貓用爪子一吋吋撥開籠，靜靜潛候，而一向神經質會亂撲亂奔的母鵪鶉必然一下就被牠銳爪鈎住硬從那空隙之間扯了出來。

「哇塞太邪惡了！」他憤憤立起朝牆頭罵，在花壇四周細看一圈，並不見任何一部分鳥屍。風起處，甜香落下一批桂花。

可憐的鰥夫，此刻畸零仃站在籠中伸長了喉嚨哀鳴，打昨夜一直鳴到今晨，沙啞，執拗的。

「別哭，別哭……」他感覺眞是麻煩極了，還得儘快幫牠續絃以免這樣哭下去。

他始終搞不清這兩隻鳥，誰叫阿呆，誰叫海膽，都是女兒取的名字，便阿呆海膽一起喚，喚牠別哭，一邊替牠換水添食，清掉血漬和籠上的殘羽。做完這些，不知怎麼可累得龜孫一樣，倒斃在沙發上。三份報紙，清一色波斯灣戰爭，伊拉克又放三枚飛雲打到特拉維夫，以色列仍克制不還擊，開打第四天了……鵪鶉的叫聲越發淒厲起來，變成——嗚——嗚——折磨著他。如此到中午，他連一份報紙還沒看完，氣得擲報而起，決定去鳥店買鳥。

尋摸半天，他找到一個裝大湖草莓的硬紙盒，盒兩耳有透氣的圓洞，用來裝鳥挺好。他估計鳥店在郵局附近，某次陪老婆去提巨款，對老婆而言，超過十萬元是巨款，必須有人押送才安全。老婆領了錢交給等在車裡的他讓他先開走，自去買鳥飼料逛市場。他就憑這個印象找到了鳥店，進去說要買一隻母鵪鶉。

「沒賣。」老闆娘說。

「沒賣！」他幾乎氣急敗壞的問到人家鼻子上，「你們沒賣鵪鶉？」

老闆娘哼笑一聲不理他。旁邊一個老者告訴他鵪鶉太便宜了，一般鳥店不賣。的確，當初是阿寶經過西門町天橋看見人蹲在路邊賣，一隻二十元，孵出來不久才拇指大，撿了一對送來家裡給小侄女玩。都說鵪鶉難養，也養大了，還生蛋，女兒堅持不吃熟人的蛋，一堆鵪鶉蛋彈珠般積在窩裡，太多時移到冰箱放奶油起士的那層格箱裡，地老天長也不曉得拿這群蛋怎麼辦。他看看窄狹的鳥店，的確是不容許擺放二十元鳥價的位子的。

他轉過彎離家還遠，就聽見鳥哦哦哦的鳴叫穿透繁囂眾聲直射到他耳膜上，哦完了之後又是綿長的嗚嗚的低吟。但這會兒鳥看到他就不叫了，沿著籠壁來回奔跑像受到驚嚇，跑得他心神亂躁卻絲毫無對策，「跑死算了！」他惡咒一句進屋去。

不多久，鳥又嗚嚕嚕吟起來，久久的，繞腸的，嗚過接著便是淒亢的哦哦。他下決心不收播，安頓好事情，泡了杯濃茶準備開始工作。來了，冤魂纏繞那聲音又來了。刺穿耳膜到他心上像唱針刻劃唱盤一樣，一圈一圈磨轉著，磨轉著。磨轉著的心口變成支軸把整個人都絞住，越絞越細，越細越緊，叭豁，斷了。他衝出紗門對著籠子絕望的大喊：「你叫，你叫，你再叫——Shut up！」

鳥噤了聲，低低蹲在沙裡。對峙的這一刻該是很長，長到夠他回心轉意正要開口喚牠阿呆海膽時候，鳥也嗚嚕嚕喚了起來。鳥且索性挺直了身體朝空中哦，那種使勁的哦法，渾身羽毛都歛起成了一口氣囊，抽緊哦嗚時便綳出一根根胸骨，隨時像會裂斷氣絕。

這個景象，令他對鳥生出了一點敬畏，畢竟喪偶之禽，不這樣，又能教牠怎樣呢。他苦惱的在院中巡走，擊斃一枚冬晴天氣裡飛出來的老蠅。見鳥已蓬鬆回去還原爲一隻鳥，微弱吟唔著。他想起女兒在屋裡尋覓蚊子，偶爾拍死一蚊，從紗窗或玻璃櫥上小心撕下來拈去給鵪鶉吃，或哪處凹角裡摳出纖維蟲，也喜孜孜獻上。於是他回頭去找剛才那枚死蠅，在走廊一片黑灰白交雜難辨的磨石子地上匍匐搜索。

鵪鶉沒有猶疑，朝欄籠外他伸出的指尖緩緩挨近，迅雷之間一擊叼走了蒼蠅。但牠只把蠅叼在嘴裡啾啾叫，後退前進左移右靠的，擲蠅沙裡，啄起含著，不吞，啾啾啾儘叫。

女兒曾經告訴過他，公的都把蚊子讓給母的吃，但若是母的自己去搶食沒經過公的叼給牠，公的就會立刻抓狂起來追著母的啄。那末現在這隻大男人主義的鷦鶉，是出於習慣或本能，或健忘，或根本不明白母鳥已死，而仍然啾啾不停的喚著母鳥來吃呢？最後，鳥停頓了片刻，才咕一嗤吃掉。他趕忙又去尋到一米飛蟲拍昏拈給鳥吃，這次牠一啄就吃了。那末，牠是知道伴偶不在的嘍？他努力再去找蟲，卻發現好乾淨的現代化家中，蟲蚊果然是不易找到的。

半夜兩點鐘老婆從洛杉磯打電話來報平安，很驚訝他居然早已睡了。他睡眼吱唔不敢提起鳥事，只問鷦鶉黑的叫什麼，女兒說：「ㄚˇㄉㄞˋ啦。」呆念成黛，黛色是青黑色，倒也對。他被阿呆折騰得一把骨頭快散了。

鷦鶉不止息的嗚哦從早到晚，夜裡稍歇，兜天兜地一張大蜘蛛網牢牢黏住他。眼不見爲淨，可耳朵卻不能像水龍頭說關掉就關掉。犯賤的是，一刻沒聽見叫，他全部人，連胸腔連聽覺連末梢神經，瞬間都束攏起來吊在空中，等，等牠的叫聲再起時，咚才落地。超過某種等待極限而仍不聞鳥叫，他就非得跑出來察看一下究竟。這樣跑進跑出，蹲蹲站站，覓蟲餵食，或乾脆搬張板凳與鳥相坐。鳥見得著他時，確實也不再喪哭，他在籠子前就越坐越長了。也越煩惱。本來不相干的個體，什麼時候已在他身上著芽生根，一點點齧入肉裡，摔也摔不掉。

忽然他靈光一閃，也許管用。女兒有一窩麻雀，保麗龍雕出的鳥身，外面裹覆著棉花和羽毛，媽媽鳥帶四隻娃娃鳥擁在鬃草團成的巢裡，做得還眞像。他把媽媽鳥取出，剪掉塑膠足底露出的鐵絲免得劃傷鷦鶉，放進籠內，期盼望梅止渴也許可以停住阿呆的嗚哦。

阿呆先是避不見，蒙頭沿半邊籠欄兜著跑彷彿想撞出牢籠，跑得足爪擦擦裂響，或歇住，眼角捎見牠的疑似同類，又皇奔起來。他明白了，這不是受到驚嚇，而是一種興奮的情緒，他每次從屋裡出來蹲在籠前時，牠便要如此跑一回。然後牠停下來，沙裡叮叮啄啄，保持遠遠距離的，輕振翅尾，觀望一眼，續又忙碌啄沙，啄水，啄鐵欄。是的牠每次沿壁跑過一回後，就去奮勉啄食，必把飼料翻啄得四飛五濺，啄水，啄散在沙裡的飼料。現在因爲牠的疑似同類倚在窩裡，窩又太靠近食盒，所以牠並不越雷池一步。似乎有一條無形的界線隔擋，牠僅在這半側瞻顧徘徊，欲言又止。

然後牠開始理毛了。聳開來黑色的翅身裡面是茂盛的棕紅色，鬆炸如一團絨球，牠把頸子倒折埋在球絨裡細細刷理羽毛。他明白了，這是一種社交禮儀，表示親近，熱絡。他蹲在籠前久時，牠便也會這樣理起羽毛，且朝他像伸懶腰那樣的拉開半邊翅膀和足腳。這種舉動，總使他感到卸掉部分重擔，願意陪牠再坐久，換取更長時間的安靜。但良久一陣，牠登時又不樂了，嗚嗚嚷起，令他加倍的感到灰心。果然，阿呆停止了理毛，向牠的疑似同類嗚哦呼喚，不逾越無形疆界的，背著翅膀跺近前，繞出來，移過去，扯長脖子喊。他覺得再也無法忍受，踢了籠子一腳逃出家門。

這一夜，鷓鴣是想把窩裡那隻不動物體喚活起來的，纏綿悱惻嘶鳴著。他躺床上衰弱如大海暈船，連起床去把假鳥拿出來的力氣也沒有，認命的挨受那聲浪一波波盪去復襲打。

當他一聽小唐說士林夜市肯定有賣鷓鴣，馬上帶了草莓紙盒開車奔赴去。這裡變很多，燈光璀燦如白晝，掛滿衣服的店鋪櫛比林立若迷宮，走走轉向了，鳥跡也無。一條擠巷鑽出，赫赫基河路西東橫阻，平曠似野，佈著羊肉爐和藥燉排骨的霓虹招牌吊籠，昏暗又異亮的幢幢光影裡都是人在吃，在賭香腸、射汽球、釣蝦。他驚駭以為闖入了南美洲某個小城鎮，也看到「李敖書店」和「求是報」同時在那當中。他東張西探，選了一條看起來比較像會有鳥的巷子鑽進去，是個蔬果集散地，晚上就雜七雜八什麼攤子都擺。五金的跟化妝品的是鄰居，內衣攤旁邊是一鋪水族箱和關於水底造景的各式道具。啊水族箱，那末也極可能有鳥了。他看到第一個賣天竺鼠的，一批全是嬰兒鼠。也賣鼠籠，設計得矮洞高洞溜滑梯旋轉球活似一所幼稚園。跟著好幾個賣鼠，他抱歉問他們有沒有賣鵪鶉。

年輕人說：「夏天才有，現在是冬天啊。」

他問：「你知不知道哪裡會有鵪鶉？」

「桃園吧。」

「這種小型的觀賞鵪鶉，不是那種專門生蛋的大的。」

「我知。」年輕人說：「要夏天才有。」

何其遙遠的夏天，他簡直不能等待。把鵪鶉安樂死了罷。或者送給鳥店，不過這樣一隻鰥夫鳥店收了何用，還佔人家一個位子，那天不就眼見鳥店老闆娘把隻病鳥取出放進塑膠袋裡喀嗤一折，頸斷，送上西天。唉那隻貓，若一齊也將阿呆抓走吃掉，結局不會比今天更差的。他一面很想把籠子的弱側暴露於外，借貓殺鳥，一面仍仔細替鳥清篩積糞。清淨後，鳥在充足的太陽光下刨沙子洗澡。沙雨揚揚，鳥伏入沙裡把身體攤扁做日光浴，他好像也被撫慰了，感到鳥是應當有活著的權利。

晚上又去KTV，偶然聽見拍廣告的查丁說起找道具，買了許多隻伯勞。「在哪裡買的？」他問。

「和平西路底橋下，一海票。」

「有沒有鶺鴒？」

「有喝。」查丁闊闊說：「怎麼沒有，有一托拉庫（卡車）。」

次日他驅車前往。帶著草莓紙盒，撕了報紙碎條鋪在裡面保護免震，出門時他對鳥說：「呆呆，幫你帶個老婆回來囉。」

橋底下十幾家禽類批發，成籠成塔的鳥，還有天竺鼠。原來大本營在這兒，塡滿木屑的箱子裡蠕爬著小鼠，剛孵出的鳥一盆疊一盆像賣雞蛋那樣疊著，搬開一盆只見萬頭鑽動，命賤蟻螻。也有兔子、犬、番鴨、迷你豬。可每一家問遍了，沒有鶺鴒。一家說有兩隻小雞，一百塊，跟鶺鴒能配。「能嗎？長大了怎麼辦？」

漢子說：「不會不會，長不大。」

「公的母的？」

「兩隻都是公的。」

他想若能作伴，三個單身漢也罷。去裡面一看，籠裡兩隻鵝黃小雞，起碼鶺鴒的兩倍大，眞是，他有點被激怒了。另一家多半是打發他，說兩個禮拜以後或許南部會送來。他回家的路上堵車動彈不得，捷運工程滿目瘡痍，他心情壞到谷底，覺得台北這個城市徹底完蛋不能住人了。那樣的批發市場也找不到鷓鴣，就再不可能找到了，他仁至義盡已到終點。一切理當作個了結。

他等到第二天清早，心想至少可以有一整個大白天讓鳥適應，提著籠子往小坡庭園後面山上行去。稀少幾株山櫻開了，暈暈一樹輕紅。他不能判鳥死刑，就把牠放了。鳥習於沙中走，亢奮時會撲打飛起，若放野在外，當會飛得更高些，再高些，不定就能飛上天空，安全了。這樣，牠將孤獨一生，除非牠能飛到南部，或是桃園，不定碰到另外一隻鷓鴣。當然這些只是他的仁慈的修飾。最可能的情況是放了牠，無需多久，牠就死了，不必去想如何的死法。然而，然而畢竟是死在大自然裡罷。雖然這個大自然僅僅是一座小山，尚多的樹草花石，翻過山去便是台北市。鳥啊讓大自然決定你的生死吧。

來到山坡盡頭，不錯，亞熱帶氣候，仲冬而已春草離離。他選定一塊適宜的地點放籠，抽出沙盤，籠底與三柵門的籠欄之間就完全空了，「放你自由啦，阿呆。」

他心裡準備著，鳥將撲飛沒入草叢中不見，而他將把這身情緒的重擔卸脫給大自然，輕鬆下山。他要趁剩下沒幾天的假期寫完劇本，他終於可以睡場好覺了。

然而阿呆並不照他的預期來。

牠先在籠內急急奔忙，因為沒有沙盤，屢被籠底欄條絆住，一蹶一顛兜跑。那敞著的一長橫空處像一道嚴厲的界線，無形卻存在，牠總不超過。有一下，不小心伸了頭子出去，驚彈回籠，就戒愼保持著距離，啄草，啄土。因爲激亢，牠拉了許多稀屎。之後大概是習熟了陡然變動的環境，牠逐漸平息靜止，悄聲蹲在籠中，經過一番劇烈震盪後的衰竭，竟打起盹來。片刻，萬籟俱寂，露涼的草風忽忽吹。很快醒了，警覺立起，見他蹲在籠前，一如連日來見到他的，渾身羽毛一抖，炸開棕紅色，天啊牠開始理毛了。理理，且突然斂羽直立，踮芭蕾似的尖著足昂首朝空中發出嘹亮鳴聲，句句——句句句——

女兒愛學的鷓鴣叫，「句句——句句句——」鳥的伴侶活著時鳥慣常的鳴叫聲啊，這時聽見，如此熟稔，如此可戀，他深深，深深的歎了口氣。

一個獨體與一個獨體發生了交流，竟是苦惱的開始。

這個假期，結果他什麼都沒有做成。一夜醒來，桂花落得滿紅磚地，阿呆偶爾也愛吃桂花。總是三天五天，桂花落一批，開一批，夏天杳杳無期還很遠。

一九九一年二月

後記：此篇是《幼獅少年》月刊邀請幾位小說家爲青少年寫的小說，由詹宏志「導遊」每一篇小說。這些小說及小說導覽後來結集成書《小說之旅》（一九九三年九月幼獅出版），宏志說：「我們共通的目的是想把從前讀小說的樂趣經驗介紹給年輕朋友，讓他們熟悉這一門藝術、這一種娛樂。讀者當中如果有一些入在電視電影電玩之餘，享受到小說天地的寬闊奇詭，進而影響了一生（像我小時候發生的事一樣），就是我們編輯這本書的最大願望了。」

日神的後裔

第一章　泯滅天使

一生裡女人們的啓蒙季節到來的時候，她的身體，她的心智，她的全部人横蕩展開像一座新琴，沉默如深淵，沃黑似星空，等待人來打開她彈出清越華麗的樂章。

她們在等待高手和伯樂，若不，她們寧可音沉絕響。

這些神母的後代至今分散在四處，不計其數，境遇異殊。然而多半像詩人所說的，「後浪之來，滾滾不斷，拔足更涉，已非前流」，她們的事蹟正在沖刷不聞之中。如果有人存著像考古學家的異志，就算寶已變爲石，也能曝曬人間，傳到往世。是的，此書恐怕是存有這麼一點點異志的。雖然此書也一點點跟女權運動或女性主義並沒有關係。

這時候吳安潔被困在一棟旅館的各層樓梯口，驅上移下，走避電梯間釋出的各色人種。曾撞上一對烈焰男女，跟一名清理完床單毛巾垢物的服務生錯身而過，跟另一名送萬寶路紅盒菸進去的女中相逢，之後又在不知第幾層階梯處愕然重逢。這樣走上走下幾回合，安潔估計莎樂美她們必定都散了，才下來在樓底咖啡廳叫杯檸檬汁坐了一刻，玉壺冰心。

一夜六千塊，她們幫安潔買的那個男人在九〇七房，叫邁可。都招呼了，一切一切總之，拜託只要她上去。

她們夥脅她到旅館門口，午夜兩點鐘，入梅天氣，濃如春潮的露水把她們澆濕，把她們酒言酒膽醱酵成一氣。她若不是像刑犯槍決前打了麻醉的酩酊赴死，也是像神風特攻隊那樣混和著前一夜的交歡和宿醉、和愛國奉獻、和生死之激情，全部燃燒成迷幻狀態的駕上飛機，她亦踏入旅館，按了電梯昇上去。

直到她清醒，發現自己倚在通道轉角盹著，只有片刻罷，卻眞是很深很久的一盹。是如此清明醒來，恍若一陣薄荷風吹散鬉鬆。她望見通道無遠弗屆直去，在又遠又近之處有一幅女體蛻變成蝴蝶的達利風格攝影，廊兩邊壁燈，果凍般透出可口盈澤。眼前景，吹彈則破。她已毫無慾望去敲九〇七房，連一點想要冒險的好奇心，刹那也無蹤。她很感謝不必到王子親吻公主之後魔咒才解除，一個月來所有的，城堡、魅影、化妝舞會、靈魂出租遊戲、薔薇與荊棘的烙痕、焚香撲鼻，刹那都消失了。

因爲對莎樂美她們而言，她很新鮮，是奇貨可居。她自愛的程度，成爲她們之間奇聞共賞。

她是生手，每個人都把獵男祕笈傾囊以授。一旦失去這些，也許她就平庸無色了。她會變得跟她們一樣都是競爭者，因此失掉了每個人對她的厚愛。她要繼續增添這個傳奇──安潔讓那位盡忠職守的靚男邁可一直等到天亮，而她至終沒有出現。

明天，這件事將立刻傳遍她們的圈子。一種創造啊，給別人驚奇，給自己滿足。她得到了驕傲和榮耀，不過更多的，她感到害羞。因爲她簡直是，毫無大志，她只情願隱藏在友誼的溫暖屋簷下，享用她們對她的信任。

她的煩惱在於，天啊她實在太高眺奪目了，同時又太膽小了。她開店八年，前面五年在克服每月一次的員工大會症候群。症狀通常始於一個禮拜前，拉肚子，無端心悸，黎明時被水流轟轟吵醒，是太陽穴動脈在跳，遂失眠，還未睡暖的兩腳一路棄守，直到起床，窩踞餐桌旁沐浴陽光喝飽熱茶，她的體溫才逐漸上升到足以出門的度數。她的內在，使她必須比別人升高雙倍溫度，才能永遠那樣像馭駕一座聚光燈翩臨店裡。

寂靜無影的午前，要等到她出現，點石成兵一切才動了起來。火鶴花吐綻殷紅，法式洋蔥湯騰煙，咖啡飄香，櫓櫓響打出一杯小麥草汁，碟匙叮噹，日光從各種隙間射進像雨後滿天倏飛的蜻蜓。她施令如情人蜜語，卻極少跟客人周旋禮貌。行走時撒開大腿，像伸展臺上模特兒的貓步充滿挑釁，酷。

但她不斷的拉肚子，乃至洗手間充斥一股香味，是松松幾個月大仍吃她奶期間所拉的健康糞便的味道，喚起她所有初爲人母的記憶。她得盡快把氣味驅散，隨即發明將芳香劑放在電扇前面吹，效果更佳，偶爾也會混攪出疑似「時代之風」香水味。

員工大會開完，所謂大會，人數維持十名左右，早班晚班兩批人，股東她跟小蘇，主廚列席候教。員工們看著她，每一雙眼睛播送歧異訊息，卻都指向相同的結論——她是老闆。好可憎的老闆，她但願能跟他們交換地位。所以大會開完，每每她要制住自己才不至於歡呼萬歲。有時候，則陷入沮喪泥淖，彷彿感染放射線，疲倦得讓她堅信骨頭裡的鈣質正流失殆盡，她將未老而先衰。除非又有新的善意立刻補充，她會萎靡不振，至下次週期來臨。

其實員工大部份尊敬她，她處事公平。亦有部份私淑她，盼望未來能經營像她那樣格調的生活。還有部份戀慕她，唯她像絕壁高花之不可攀折，故不發生危險和麻煩。這些都帶給她壓力，日日新妝妙顏，鼓舞士氣。

當然也有人天生反骨，抱著你是資方我是勞力的宿命怨恨。或故意漠視她的能力和公平，意味她既有了容貌，有錢，有業，無論如何怎麼還可能有能幹。這種敵意，她早在徵試時就感覺到，仍然錄用，不無虛榮之心。她像聖教傳者要把唯一一隻迷途羔羊尋回歸隊，自信可以化解任何對立。有的極快，雪人遇日照即融，在頭一回員工大會上已加入戀慕族之中。有的極慢，當她竟目睹對方眼中炸破一顆諷刺的笑泡，便這樣，把她打入沮喪泥淖。

一回再一回，她用體魄以搏，把逆刺撫平，從中獲得最大的成就感。

不過員工們流動性大，對她縱使有依戀，亦滾石不生苔，走就走了，畢竟她仍然是老闆。沒有人能掀開老闆幕幃，明白她拉肚子的苦處。舊員工新員工，離職的人，一代傳一代，謠談激盪，愈來愈鞏固了她的神話。眾人說：「國會大金牛每天來開一瓶一千零五十塊的 Medoc 紅酒，店裡最貴的酒，以為吳姐會當他的地下夫人。」

「他們餐廳是美國進口的橄欖油和玉米油，所有食物沒有添加物和色素。」

「他們用天然營養不含石棉及滑石粉的胚芽糙米。」

「他們的新鮮沙拉吧，有六種不同配味料，以橄欖油和罌粟花籽調製而成，另有芝麻花生米，椰子粉，腰果葡萄乾，拌和蔬菜，有益人體健康。」

「他們的果菜每天每天清晨送達，常吃青菜及不油炸食物可以保持身材，青春永駐。」

眾人尊嚴而時尚的傳揚她，跟她的小店，遙遠誘引來莎樂美她們，這且不表。安潔與員工大會症候群奮鬥五年後，忽然有一天就好了。

這跟她新招來的一批員工有關，雁子，咪孩，阿雯，她們至今未嘗離去，像禁衛軍團團繞在身邊。她們不把它當作老闆，隨例喊她吳姊，喊她 Angel，天使安潔。她們只是恰如其分的把她當作一個女人，同伴，並且因為她膽小，便自然形成河山險要，將國之京畿捍護於內。

是的雁子和咪孩，三年前不到二十歲，她們生而富足，長於權威瓦解的時代，不知畏懼為何物，她們看她不過就是個人。

松松第一次出現在她們面前時，她們既不吃驚，也未幻滅——這是多麼不尋常啊，曾經她從多少眼裡讀到，彷彿她就是聖書中人那樣的不娶亦不嫁。曾經她只要祭法寶一樣的祭出松松，那些纏追她的各色男人，一律，照妖鏡底下見光死，教她好嘆惋。咪孩跟雁子卻不，不像她少女時代視兒童如鬼神敬而遠之，的確她們無神亦無鬼，她們有星座、血型、數字占卜學。她們對兒童的態度，也不生疏，也不厭煩，也無需練習，她們只是凡事都見怪不怪的一派老練，教她好生敬服。

念小學二年級的松松來店裡探班時，長筒襪，學院制服味道的徽章外套，不忘戴一頂蘇格蘭呢偵探帽，跟隨她左右，很像媒體上所見小王孫跟著黛安娜王妃的，尊貴天倫，能遠觀不能近狎。松松自幼在外公家養大，向來以日文寫信的外祖父母，依照他們的理想打扮松松，竟似明仁太子幼年期。明仁固已登基成為天皇，畢竟做了半世紀以上的太子，難以抹殺。松松從來不顯露幼稚給她，拘禮而侃侃應對，她待兒子也客氣如待小官人。忽然她卻瞥見松松跟才認識不到半小時的雁子在武打，雁子彈簧般繞著松松蹦跳出拳，松松劈喝連連一旋身掃堂腿，各舞各，一個叫米開朗基羅，一個叫拉斐爾，是兩隻忍者龜。後來又相撲，貓著背脊對峙，久久，忽如公狗撒尿一舉腿，一頓挫，相撲上去，抱成團，哈哈一嘯又分開。「大肥相偃！」雁子興奮用台語說，崇拜人氣特旺的貴花田，以十九歲稚齡得到相撲冠軍。

「你是什麼座？」應徵當天雁子問她，反賓為主。

她微笑回答這個小女孩：「我是什麼星座跟你來工作有什麼關係嗎？」

「那當然，我要看跟我合不合。」

她說：「我三月生。」

雁子盯住她好像在押寶：「月中？月尾？」

「月頭。」

「哦雙魚座！」

她笑著說：「合不合呢？」

「普通啦。唔，雙魚座……」自語著的這個小女孩，剪男生頭，兩鬢剃得青白見皮，頸後留小撮髮編成短短一截老鼠尾巴，卓別林復活的穿著打摺寬褲，底下黑大皮鞋。老練與幼稚，二律反背，集於一身。

既然洩了底，雁子知道了他們魚族的全部優點和缺點，安潔像告解過後感到寬舒。也像狗們一番齜牙裂齒之後，敗者把咽喉送到勝者的口中，遂此搏得勝者的慷慨釋放，她亦因弱處已暴露無遺而獲得了安全。她與雁子雖不算忘年之交，倒也是星座之交。

咪孩應徵時說：「For fun。」

為了好玩，所以來打工。她威脅說：「不好玩的，晚上七點到十二點，一月七千塊，買你這一身衣服鞋子恐怕還不夠。」

咪孩說：「我不 care 錢。我覺得這裡，我能 identify。」

認同何物呢？咪孩以仙女揮動點金棒手勢的朝遮簾一指，「那個呀。」木枱上宛似盛著苔綠毒液的米哈諾質香水瓶，「那個呀。」玻璃缸裡插滿薑花如雪，「那個呀。」咪孩說：「還有你們的制服，嘻嘻我喜歡。」其嗜好呢？咪孩說：「嘻，習慣性蹺家。」

松松跟她們相扯相罵，講同一國言語無間然，使她難於分辨是松松太大，還是她們太小。

她們也老腔老調叫「葉——大——哥」，恰像山歌對唱的發語一聲「啊——」，接著就百般詰難不放過，每次把葉翔鬨得落荒逃走。有時是葉翔回苗栗把松松帶上來探她，然後送返，極盡殷勤之能事。她看穿他並非父寵子，所有耐心做功夫，無非爲了挽求她一歡，她照樣拒絕，他亦照樣像沒有要到玩具的小男孩發飆起來，頓足恨聲而去，長長時日之後復出現，依然翩翩，從熱心充當司機接送她開始，復一次輪迴。「葉大哥，你又來了！」雁子每次說。

「葉大哥恭喜發財。」咪孩跳到他面前，不待葉翔作揖還禮，「紅包拿來。」葉翔哼哼一笑，灑脫勾消，無視於咪孩朝他吐舌頭唾聲：「呲！」

咪孩似乎找到了認同，工作雖不再新奇好玩，卻覓得一處窩。與雁子二人，元老加死忠，安潔很快樂能退隱幕後，讓咪孩雁子管店如管自家事。不久又來了阿雯，管早班。

空巢期的阿雯，也在這裡找到了巢，長姊若母對待她。阿雯有拔白髮癖，常忍不住將她頭抓過來按在胸前，撥翻白髮，連剛茁生的小毫亦除惡務盡。即使紅燈變綠正準備跨越浩瀚十字路，被阿雯捎見當頂一根賊亮白毛，就非拉到路邊除之，喃喃對白髮唸道「我恨你」，過街民眾訝見兩女人像母猴在日光裡親愛的抓虱子。

阿雯幫她翻尋白髮，頭偎在阿雯已退化但仍膨軟的胸上，她會漸漸湮入一種惺忪境界。她自知體溫低涼的雙魚座最願意有肩膀可靠，磐石在地，便得以無邊夢想洄游藍天大海。雁子口頭禪噌她：「沒法度，魚族的！」魚字標記，彷彿一切的藉口，足以包容她任何癖性。比方也是魚族的伊麗莎白泰勒，會跑去倫敦探望愛滋病患者並親吻其中的一名，照片出現在全球媒體，只有她相信，像她們相信她，這是眞的，這不是宣傳。

她藏身於她們的包容裡，侯門深似海更添了神祕性，實非她本意。男客來店中，不乏帶著綺思，好像光顧李師師或蘇小小的館閣。也有男人執迷追尋聖杯的追尋她，不悟聖杯不在遠，原來就在眼前天天喝它用它的這隻木杯子——《愚人之王》電影這樣說。她是從自己的弱處看到許多偉人的弱處，引爲知己。

當宋美齡最後一次出現在三台電視上，後來這個鏡頭反覆播放於各類新聞集錦中，出於長時間對這名也是魚族成員的關心，她一望即見宋美齡握在手中的白絹，必是她所愛用的瑞士製Alba手帕，棉白鑲綴大片浮凸緹花，是的她們都要用好的東西。宋美齡搖晃手絹向掌聲雷動的同志們道別，臨去頷首而笑，「吔，老妖怪！」咪孩尖聲呸。

物傷其類。因爲她知道，從前從前宋美齡在麥迪遜廣場體育館，爲籌募抗戰經費向數萬美國人演講，縱使其英文勝過美民，其腔調充滿郝思嘉《飄》式南方口音，皆無阻於其演講之前頻頻拉肚子，正如她的員工大會症候群。她們一抽屜蕾絲內衣，鍾意精美以及不能抗拒蕾絲的誘惑，必須竭力克制始能免於奢華之譏。她們都犯皮膚過敏，她是自從臭氣層愈來愈稀薄後，曬到太陽即生灰斑，日久才退。朋友介紹她去的皮膚科說是，「蔣夫人都給他看」，老醫生全身佈滿老人斑，牆上有慶應大學證書。十年前的事，老先生當已入土，她小心不在日射底下走路。她知道習慣了溫帶氣候的宋美齡，此地蕉風椰雨是其皮膚敏感的過敏源，不宜長居。秋天來臨，宋美齡終於搭機赴美，歸返長島北岸蝗蟲谷。那裡的莊園建築，有追隨夫人半世紀的廚房大師傅，有王督導宋武官蔡媽司機護士祕書，以及四位皆七十歲以上的子姪們承歡膝下。

安潔關心著她所能搜集到仍活著的魚族成員，戈巴契夫是，她跟大家一樣喊他戈比。八月政變期間，她每天看數份報紙和第四台，當葉爾辛指著戈比叫他立刻、現在就把簽署名單念出來時，她再明白不過，只有魚族的優柔才會如此遭人喝斥，她很可憐這位魚兄弟禿坦頭頂上的大塊胎記那樣曝白於眾目睽睽之下。她完全相信他的「重建」藍圖是眞的，並非政治家之夢，而是可憐的詩人之夢。

魚族們，打湛藍水底望上去的天空，白雲蒼狗變幻好迷人。舊世界在那邊，赤道無風帶好鬱悶，深色的雲，無風擾亂其平衡，受到地心引力慢慢解體朝海面掉落，看啊，新世界在那邊，哥倫布發現以來已近五百年。是的，棄我去者昨日之日不可留，新者當來，舊者當去，戈比如是云。

她從媒體上追蹤他們，像守護天使冥冥注視塵間的魚人。金烏飛過三月，她自然知悉，從紐約曼哈頓市中心的賓夕法尼亞車站到蝗蟲谷，需要一小時十分鐘。全地球都在向前滾動，蝗蟲谷依然如昔。

第二章　日輪月輪

是啊，蔣家風雲隨機去，今元首送老夫人。

蔣宋美齡赴美，松山機場冠蓋雲集。

報紙的大頭條散入百姓家。趙建蓉吃阿簡排骨麵時瞥見，老花眼鏡未戴，仍把報紙抽過來端詳。

這家報，曾經推銷到她家裡不搞清楚她家是鄰長看免費報的。雖然在長年不改選的鄰長任期末年，免費報力圖整頓虧損而停止了負荷龐大的贈閱行爲，她家也不考慮訂報。一則是家裡從未訂過報，因爲免費報之前有辦公室報。彼時鄧先生還沒退役，每天將班上看完的報細心抹平摺好帶回，跟免費報是同一家報，一份疊一份落在屋腳，絕對整齊不允有一毫參差，常無意識駐足於報牆前審視可有不齊，彷彿欣賞一件藝術品。收廢紙的來，她一古腦搬出去打秤賣掉，鄧先生袖手隨進隨出唉唉直嘆，當她在敗家婦般賣字畫書籍。

二則她家中無需訂報，邊間租給阿簡做店面，店裡兩份報紙，隨便能閱。三則無人讀報，何苦讀也，滿紙荒唐言，一片傷心事，鄧先生從不知何日起已不再看報。現世既然如此拒絕他，他遂提早將自己作古，埋進他少壯以來就有的嗜癖裡，集郵和集各種票券，留下妻而在這不認他的世間過活。趙建蓉雖亦棺材入一半，她的不讀報倒有點差別。她看電視，跟兩兒子去吃麥當勞，偕年輕太太們上KTV，下午兩點K到五點打對折，一房間供唱歌跳舞，還免費把她們自個兒錄影下來當贈品攜回。她打牌，道聽塗說，她漁樵閒話。但此時，她費力把這條消息讀了一遍。

報紙上說上午九點十分左右，五院院長、正副總統及府黨兩祕書長先行駛抵機場，凡未受邀者在機場大門外都給擋駕了，敗興折返。九點五十四分，老夫人由前導車開道抵達，後面有隨行人員跟家屬六輛專車。總統府資政誰誰隨後也到，遭憲警攔下，交涉十餘分鐘始得以進入送行。十點十八分，七四七專機起飛，晴朗的天空忽然烏雲湧聚，下起大雨。

婦聯會無人受邀，老四遠在加拿大，除掉零落親屬外，送行隊伍不過十餘人，「寒傖，寒傖！」趙建蓉迸下老淚。

恍如昨日啊，夫人率婦聯會總幹事一行女官來村子撫視縫征衣。權充縫衣處的村子禮堂若干年後一度改裝成阿房宮，做為一部中日合資的《秦始皇》拍攝地。她素來活潑，二十五歲啷噹，被派向夫人獻花。夫人到時，鼓掌歡呼動地來，果如書中聖賢那樣領導人民出埃及把紅海分開，鴉鴉人潮亦自動剖開道路讓夫人通過。夫人去後，悄寂無人語，偌大衣廠一架車布機撻撻撻追響。其靜，她記得似穀雨之後養蠶，家家大門掩閉，生意不興，官吏催課獄訟皆歇，男人都在畈田，女人樓上養蠶，只有夫人遺下香氣，瀲灩波濤。那香氣，前此今生她再沒有聞見過。

夫人跟她握了手而不放，側首聆聽蜜語般款款注視她，含笑道「很好，很好……」讓隨行記者拍照完才鬆開她手。那手，生涼像薑，盈盈在握。那一身合宜於共體時艱簡樸剪裁的黑色長大衣，天啊何其輕軟若無物，在她們堆積著辛襲白洋布縫製慰勞衣的坑谷裡，翩若驚鴻。在往後很長很長一段糟糠生活裡，此日的記憶永遠像荒漠甘泉灌溉她。那香氣，刻骨銘心隨時間成正比拓深，到她老年的今天，結晶爲玉寶。好像傳說中那人乘槎溯黃河直上到了銀河，遇浣紗女給他一石，他回故鄉很久以後才知道，某年某日有客星犯牽牛宿，計年日，是他，石是織女的浣紗石。趙建蓉離老年恍惚期尙遠，剎那醒來，常覺此生著實庸碌無可紀念，唯手中握有一石，是她從前從前曾與天女邂逅過的鐵證罷。

「我將再起……」夫人返國參加老總統百年誕辰紀念活動時這樣說。

一年三個月後小總統死不久這話傳到她耳朵，她心中喃喃道：「老夫人您此言差矣。天要下雨，娘要嫁人，後生小子要造反，您老歇著呢。」

曾幾何時，兒子們已長大到必須跟她男女有別。可憐小濱十四歲徒有個頭，不長心眼，滾上她床鬧要跟以前一樣一起睡覺，她叱聲連連也趕不走，翻過身面牆不理他。小濱學鹿用額頭拱她背，半天得不到回音，百無聊賴大字一躺睡著了，短褲頭底黑壘壘一大包眞驚人。她貼牆側臥迷糊至天明，抽身退走。能屍般睡死的小濱，只剩褲底一具活物正在昂昂四眺，「好可憐小性命……」她慈悲一嘆。回南京探親，哥哥們看照片都說她老蚌生珠頗以爲奇。由於好強她絕口不提邱玉枝，就說是：「那時年輕好貪玩，只顧先把台灣南到北，西到東，大貝湖呀，石門水庫阿里山日月潭烏來，你們叫得出名字的哪裡哪裡全部玩遍了，才生。」

她每月坐公車去收房租，路經一棟公寓樓底，門牆銅金塊板上鐫有八個黑字，「新疆省政府辦事處」，擦得鏡亮，照出對街玻璃帷幕聳如峭壁，行道樹樟腦的亂影於其上掃刷。是的海棠變公雞，新疆依舊在。她昨天未辦成事，今天再來，夜裡有寒流鋒面經過上空，一夜之間，辦事處招牌拆撤無蹤。她怔忡往返，確定不是走錯路。她家巷口的二十四小時營業加盟店老陳誇示說：「統一企業已至新疆買了番茄園。」公寓內省政府主席去世後其子接任，編制也有十五人，在一夜之間，就這樣，新疆省不見了。

九十二歲老夫人——不，有人肯定其與俞大維同庚，是丁酉康豪傑上書請變法的那年，老夫人九十五足歲了，仍然愛美。三年前老夫人對同志們說：「老幹新枝……」在螢光幕上回首告別，是啊今年花發去年枝，那是她最後一次看見老夫人，如此結束了前朝。但阿簡店訂的報日日在追殺，聲討老夫人赴美專機這筆開銷是誰付，蔣家付，黨付，還是國家付？她很氣悶，擲報而起，「我付，成吧！」

她非常怒惑這些無論阿簡阿城或阿扁，他們天天為了人民，人民人民，阿彌陀佛她不當他們共和國的人民總也可以的。若欺她沒見過世面，她可親身經歷抗戰勝利後，言菊朋一張《讓徐州》突然大紅特紅，遍街小巷，全唱著「未開言，不由人，珠淚滾滾……」三十七年徐蚌會戰，來年共產黨渡江，國民黨兵敗如山倒，她奉父親命匆匆與鄧先生結婚，隨軍來台。言菊朋，戲妖也。她亦常常被阿簡放的卡帶攪亂心腸，奇怪他們共和國的歌何以這樣如喪考妣一派哀愁。頭次回家鄉掃墓，她唸唸有詞哭倒父親墳前。當日臨別父親說：「我沒有別的話，天無二日，世無二主，女子嫁了人，不二姓，以後你若有違背，不是我們趙家女兒。」四十年後她叫老爹呀，這話把她可害慘，她不怨，遵約如昔，今天來向老爹告一聲罷了。

「黃金不惜買蛾眉，揀得如花三兩枝，歌舞教成心力盡，一朝身去不相隨。」白居易諷刺關盼盼的詩，是她幼時聽過唱〈燕子樓〉，三弦彈得崩崩響好亮烈，講述唐德宗貞元年間事。張建封任徐州刺史獲罪死，愛妾關盼盼住在燕子樓沒有隨亡夫去，白居易便寫了這詩抱不平。關盼盼的意思是，作為一個男人為理想而死，死後身邊並無一士為他殉節，卻聽說歌妓殉情，這是壞了他的榮譽，但白居易你今天既然這樣說了，那麼何妨，遂旬日不食而死。

她嫁給鄧先生，無異嫁給一位洞窟修僧。都是她當家，若收電費的來碰上鄧先生代繳了，回頭會把收據給她討錢。淡水線最後一日行駛時，鄧先生跑整天，一站一站出去進來採集剪了口的火車票，跑得髮稀鬢焦回家，一頭鑽進房間安置採集品彷彿煉仙丹，自傲全島斷無一人有此收藏。房間聖地，晝夜窗簾深掩，除非特許，嚴禁進入。乾燥幽涼的室內，三壁架子連頂連地全是簿冊和卷夾，標示各種編號難以解讀。僅容床桌椅，罩燈鑷子放大鏡鎮紙，以及一些因為便利操作而自己設計的古怪道具，無人能識。鄧先生每天花最多時間與這些票券為伍，同衾共枕，毫無意欲出去跟族類們交流觀摩。愛國獎券自三十九年發售至第一千一百七十一期的聖誕節過後因舉國瘋狂大家樂而被迫停止，鄧先生集的是足堪驕世的大全套——民國六十四年曾有苗栗人將其收藏共七百五十期的小全套，以當時第一特獎金額五十萬元叫價出售。既愛國，又發財，如此籌措經費建設復興基地，鄧先生的薪餉全數投入，兩袖清風。

第三百十五期首創同號雙聯式發行，為取信於民，自此每期巡迴各縣市開獎一次。先在台北中山堂，憑當期印著岳飛精忠報國磚色圖案和一行小字「保密防諜人人有責」的獎券，換取入場券參觀開獎實況。六月夏蟬初鳴，鄧先生克服萬難趕去，爲了在那期獎券上蓋一個「入場券領訖」的藍色章，並獲得一張樓下十六排八號的入場券做爲採集。而如珍品七字券，六字同號券，發行僅七期的四季券，和券商搞的可獲縫衣機腳踏車或獎券一百張的優待獎券，鄧先生皆搜購到。至於珍中之珍，印量僅一萬張銷路奇差的第一期，十條式券，右至左排成直條的十聯，每聯面額十五元，每張一百五十元。由於面額過高，在蓬萊米一台斤八角的大時代，諸如少尉鄧先生一月五十四元，雖也想愛國發財，畢竟力有未逮，所以第二期便改成單張銷行，每張面額五元。鄧先生歷盡磨難，就差這十條式券裡的第九條。幾年前，他曾爲了湊不出五萬元收買第四條乃至痔瘡爆發，才取得老妻同情給他補足數目。故獨缺此聯，鄧先生恨不能效莫邪投身入爐劍始鑄成的，亦把自己拼上集成了大全套。

趙建蓉好可憐他菸酒不沾，穿疏稀了的內衣褲不換新，鞋不買超過三百元，上海老家一趟也沒回去。然可憐之人必有可恨之處，她早已橫心不睬，唯有到底幫他換了雙千元皮鞋，製套西裝。每聽他小心翼翼在啓鎖，可嘆那鎖永遠發出答辣一大響，躡足閃進門，掩住襟像忍者輕功三步做一步躍上樓，房間一鑽不出來，肯定又買了什麼寶貝東西。她管起手朝空中嗚哩哇啦吹奏送葬曲，鄧先生明白那個意思，她總是說：「看你前腳一走，我們馬上都拉出去賣掉。」

她想過，嫁的男人至少應當有點像父親。母親死後續絃，姨娘年紀輕輕，飯桌上罵人，會拿筷子叭叭打老爺子的頭，老爺子吃飯如常不吭一句。她不平說了：「大家都講爹好怕姨娘。」

老爹最愛她是么女，晚上回來必到床前嗅嗅她臉。老爹笑說：「難道我還打姨娘，爹這拳腳打得死人，打壞她誰來當家，你們大大小小誰張羅，我哪裡怕她，我讓她。給她打打，不礙事。」

砲戰前線打時，男人一空，她們打牌，秋天的老太陽遲遲不下山，遍村子小孩流竄忘返。她清晨四點起床，潛去軍營伙房外，裡面熟人隔牆摔出大袋飯鍋巴，她扛去村外賣給老百姓。顧問團宿舍興建期間，她先看準搶在馬路對面搭了小鋪，專做工人們的生意。更早更早剛到島上時，男人長月戍邊，她的孩子在南來船上流產無影，白晝杳杳，她只好上山採野菜，發現相思樹林遍佈金色蟬殼，日日就去採賣給中藥店。夜裡山樹颩下來澎湃風濤把她嚇壞，蒙在被裡嚎啕痛哭。她跟尚新的丈夫狠打過一架，雙雙掉入溪澗，就此定下江山，鄧先生得讓她五分還多一分。她子宮外孕之後不能生育，這樣到了四十四歲某日，她提議鄧先生有必要節制一下他的癖好，把錢也捐出部份打會。

鄧先生說：「幹麼呢，沒兒沒女，反正沒後，想那麼遠。」

此言非常嚴重傷害了她的自尊。

砲戰尾期，連長鄧先生獲得一張來回機票返本島十天，他只待了兩天，騙她是一船砲彈待他押解不能有誤，即坐火車南下高雄，花八天時間等船回營，爲的是保留機票列入典藏。很多年以後，鄧先生沾沾自喜才把謊言拆穿。打牌的太太群，至今仍不時鬨起來乞看她乳房。她驕傲掀開衣服展示她從未生育哺乳過的胸脯，依然紅澤蓓蕾，渾白似羊脂，嘖嘖讚嘆中亦有野人獻曝的給看乳房，博來一籮筐葷笑。她決定了，她要找人來替鄧先生傳後。

她託媒去鄉下找，起了風聲後才跟鄧先生說，「但我只有一個條件，得由我來挑，我中意的才行。」

花了大半年工夫，她一個一個親自去看，最後選定邱玉枝。鄧先生的答辭呢，如是我聞：「我一輩子，我來生來世謝謝你的賢慧，我鄧家祖先都感激你大恩大德……」

從那時候她就不再跟鄧先生睡覺。兩個男孩，果如老總統云「經兒可教，緯兒可愛」，他們的亦是，大濱可教，小濱可愛。因為鄧先生也明顯偏心小濱，她就對大濱更多關照，大濱自認是娘所生，小濱也跟娘親近。都是娘發的零用錢，娘養家，娘冷暖調度，娘按月給媽花銷──媽是阿枝。

是的邱玉枝，阿枝。某日她進門見地上滴瘩紅漬，手指一探，看是血，循跡朝樓上找去叫阿枝。阿枝傴僂背在打包衣物，不理她喚。她近前問，阿枝抹把淚，把鼻血抹得一臉好駭人。她趕快絞了毛巾斤其擦淨，仰靠椅上止住血。問半天，阿枝光是抽咽，她耐住脾氣勸：「你有什麼委屈，跟我說，是受了誰的欺負，有我，我給你做主。」

阿枝才說：「他打我。」

她說：「好，你別哭了，衣服都放回去，躺著休息，等他回來，我跟他講。」越想，怒從膽邊生。

鄧先生回家，她上前就攔住辯理，辯著，惡火衝上天靈蓋，抄了掃把她叫阿枝打。阿枝哪敢，她大吼一聲：「打！」阿枝就打上去。「用力打，打，看他下次敢打你，你就這樣打回去！」

這一打，把阿枝打上來，平了。

物競天擇適者生存，阿枝是一個被擇汰的弱質者。既缺乏遺傳本能帶她行事，又很少族群的累積記憶和經驗教導她，她的對應方式就是找個窟窿面壁療傷。她跟生母家自小無來往，養母這邊只養不教，故和兄弟姐妹也無情。人際網絡裡篩出來的孤零人，嫁進趙建蓉家，並無娘家可回了，在此覓得一隅，有吃攢吃，有用攢用，未雨綢繆不知可依賴兩個健壯的兒子。本能甚至只給了她稀少的母愛，像鵪鶉拉出兩顆蛋不孵便去叮啄覓食了。她煮的筍乾，不泡開不撕片，不熬骨頭肥湯，原始人般只用火和水煮了，一盆酸渣嚼不動，唯她也絕對捨不得丟掉，每餐捧出獨食，直到變味仍不放棄。她厭憎女人更甚於男人，因爲女人太苦，太苦了。只有苦，生於受苦，長而受苦，每月的經血之災讓她根深柢固相信是天譴。她服從本能的向強力那邊靠攏，男人亂暴不可探究，而作爲女人芥草則是一種懲罰。

「身爲女人意味生於戰時……」某菲律賓女詩人這樣發出肺腑之嘆，卻像一顆泡沫在男人世界的大洋中隨起隨滅。

洞窟修僧鄧先生與外界僅少的連繫，比方說，一日突然來了個灰佬，鄧先生的老長官老朋友，不久前還在光復會任職——不，不是徐錫麟秋瑾蔡元培的光復會，而是光復大陸設計委員會。鄧先生稱他陶公，殷勤的敬菸敬茶，留他吃飯，留他過宿，話也講光了，倆倆對坐嗑瓜子，嗑掉一天。鄧先生仍然客氣留宿，陶公也果然留下沒走，把趙建蓉滷的豆腐乾雞爪拾出一碟，喝白金龍，又喝掉一天。不洗澡的陶公，漸漸起了氣味，長坐屋中像枯樹上盤踞一隻禿鷹。阿枝趨吉避凶的嫌惡不理，趙建蓉還是得幫陶公弄吃弄喝，並禁止兒子們下逐客令。

陶公攜來一本創刊有三十年的老雜誌，是鄧先生從前從前也看的，但自從史料不斷出土後，一片一片就把鄧先生的信念解構，民無信不立，出於弱勢者的自保，他拒絕再知道內幕。這本老雜誌的封面大書「蔣介石陳潔如溪口祭祖」，直呼蔣介石其名便像當眾叫他父親名諱的，令鄧先生百般不適，啐一聲：「瞎說八道！」

陶公既不否認，也不鼓動，只是吟哦著，久久哦出一句話：「張靜江做的媒，證婚是他，戴季陶做主婚人。」很久以後，復哦一句：「總理也見過的。」時光荏苒，哦道：「小蔣喊她上海姆媽。」

兩男人祕默的談話如咀嚼，如反芻，這樣進行好幾天，在他們餘生無多而時間很多的未來，等待新一期雜誌趕快出版，下回分解。

但趙建蓉從美容院洗頭回來就已得知了結局，一切發生在十六年丁卯初春——兩年後己巳她才出生。在鮑羅廷認肯下，國民黨諸員成立漢口政府，迅雷不及解除了蔣介石的大權。蔣介石光條條一人北伐無望，他好恨，他打定主意拉攏宋子文，彼時漢口當局的財政部長，其姐宋藹齡。宋藹齡得信火速乘中國銀行郵輪前來九江，不下船，蔣介石上船議事二十四小時，達成交易，宋子文可以離開漢口當局，聯合上海大銀行家支援北伐，條件是一、蔣介石與其妹宋美齡結婚，

二、打下南京上海後任其夫孔祥熙爲行政院長，其弟宋子文做財政部長。蔣介石回到岸上一五一十告知陳潔如，徵詢她意見。此時的蔣介石將入四十不惑之年，陳潔如十五歲嫁他，今亦年方二十二。陳潔如說：「你的意思要我怎麼樣？」

蔣介石說：「如果給我五年的時間，如果你能暫且退讓五年，我就可以繼續北伐，脫離漢口獨立。」

猶記去年丙寅七月誓師北伐時，蔣介石對離愁耿耿的妻子說：「我現在出征去，你不要哭，我要你祝福我，對我一笑。」囑她把黃沙車站月臺送行的團體照加印二十份帶來韶關，底片務必保存在手上。他安慰妻子說：「等到各省都光復，全國統一大功告成時候，我們倆必是中國最幸福的一對，你瞧著。」

是啊，婦人顏色男功名，很長的五年。陳潔如憤怒說：「就算我同意，我是爲了中華民國的統一。不是因爲宋藹齡，不是因爲你！」

看官，且讀一段文字云：

世界如此動盪，我目睹這動盪。然而，我不能加入。我的世界和現實的世界，雖然並置於一個平面上，但任何地方都沒有接觸。世界如此動盪，棄我而去，我甚感不安。

無論陳潔如或者趙建蓉，她們都不知道三四郎曾經如是云，亦不知創造三四郎的夏目漱石是何許人。趙建蓉只記住她要記住的，五十一年老總統透過戴安國轉一信給陳潔如，「曩昔風雨同舟的日子裡，所受照拂，未嘗須臾去懷。」以及陳氏臨終前寫給老總統的信，「三十多年來，我的委屈惟君知之。然而爲保持君等家國名譽，我一直忍受著最大的自我犧牲，至死不肯爲人利用。」

她跟鄧先生結婚四十年來，她的委屈，明鏡高懸，包青天再現，陳氏已替她申訴了。

一九九二．寫到第七章停筆棄稿，改寫《荒人手記》

一九九二．九《聯合文學》刊出第一、二章

從〈狂人日記〉到《荒人手記》

——論朱天文，兼及胡蘭成與張愛玲

王德威

一九九四年朱天文以《荒人手記》一作，贏得中國時報百萬小說大獎。小說寫一個剛剛步入中年的同性戀雅痞，如何在浮華暴虐的台北都會裡，上下求索，找尋愛戀的依靠。在兩性論、酷兒論已成時髦文化標記的今天，《荒人手記》的題材算是應時當令，卻未必新鮮①。但朱天文志不僅及於此。她祭起了「文字的鍊金術」，以纏綿繁複的意象修辭，僞百科全書式的世故口氣，築造了她的「色情烏托邦」。這是個情山欲海的烏托邦，也是個因空見色，由色生情的烏托邦。

已經有二十年了吧？朱天文和她的手足好友成立三三集刊。在胡蘭成的調教下，她（他們）吟哦詩禮中國，想像日月江山②。曾幾何時，我們的「中國」，我們的江山現代化向錢看了，而當年的青青子矜也有了年紀，有了去聖已遠，寶變爲石的感傷。寫《淡江記》（一九七九）時期的朱天文是那樣的緣情似水，多愛不忍。比起來，世紀末的朱天文越發顯得老練蒼涼——張愛玲於她的影響，反較從前更加明顯。

但劉大任說得對，張愛玲的世故像是與生俱來的，讀她的文字不會想到「年紀」。「張愛玲的《對照記》與《金鎖記》，文字上沒有發展，雖然兩文寫作年代相隔快五十年。」③朱天文這二十年來的改變，則印證一個作者追逐周遭事物及文字的軌跡。因爲不能，可想也不願，勘破現實世界的種種美醜，朱學不來張愛玲的狎暱與譏誚。她的荒人在最絕望的時分，依舊透露莊重而誇張的姿態。在這裡「姿態」（mannerism）指的是生活的戲劇化演出，一種習慣成自然的造作。張愛玲當然是此道中人，但她卻早明白「生活的戲劇化是不健康的」④。她於是能自嘲嘲人，而且樂在其中。是胡蘭成把這套姿態化爲正經學問，而且操練得顧盼生「姿」，眞假不分。他的《山河歲月》以詩，而且是抒情詩，註史，眞個是嫵媚妖嬈，不折不扣的烏托邦作品⑤。在他的女弟子手中，這禮樂的烏托邦卻終要化爲色情的烏托邦。以俗骨凡胎向王道正氣挑戰，朱天文其實反寫了胡蘭成學說，逐漸向張愛玲的世界靠攏。但骨子裡她那「鄭重而輕微的騷動」姿態，依然不脫乃師精神⑥。朱的作品早已自成一格，但她與「張腔」與「胡說」千絲萬縷的對話關係，仍舊精采可觀。

二

論者對《荒人手記》的文字風格、敘事技法，已有種種讚彈聲音。而兩性學及情欲學對此作的「性」向歸屬，依舊呶呶辯論不休。但如果我們放大眼光，從文學史流變的角度來看，上述討論則仍未切中要害。讀者應會同意，《荒人手記》講的雖是同性相吸的故事，但它也是則有關世紀末的創作寓言。這是個作者與自己，而不是與讀者，戀愛的自白，是個藉文字播散而成的單性生殖狂想曲。文字、創作、生殖衝動在此相互交結，自顧自的衍生意義，完成創造，並隨即抹銷其意義。寫作成了最華麗的浪費，最抵死而又空虛的自慰。「我為我自己，我得寫。用寫，頂住遺忘。我寫，故我在。」朱天文的世紀末美學，至此發渾得淋漓盡致。

然而在現代中國文學的另一端，我們不也曾傾倒於另一則寫作寓言麼？七十多年以前，魯迅就讓他的狂人寫下日記，並以其見證古中國的頽廢與恐怖。所有的詩書禮教不過是僞善的門面，所有的倫常綱紀其實是壓迫的藉口。一場人吃人的盛宴已經開了四千年還散不了席。在死亡的陰影下，狂人不斷的寫著，妄想用文字銘刻他的發現。作為作者，魯迅卻總已知道文字創造的弔詭：狂人夢囈，怎麼當得了眞？即便當眞，不頂多肯定了語言溝通的隔閡，以文字改造世界的無望？他越是寫，越寫出了寫作的不可為。在現代中國文學的開端，魯迅因由極不同的情境，呼應朱天文的感謂——寫作是種「奢靡的實踐」⑦。

〈狂人日記〉以短短五千字，預言了多少現代作家的創作命運。魯迅自己雖不是童騃的愛國主義者，但他的作品畢竟開啓了一代作家敘述中國，重寫歷史的契機。君不聞，在日記的最後，依稀傳來狂人的呼聲：「沒有吃過人肉的孩子或許還有？救救孩子……」這呼聲其實充滿反諷，卻要成為日後「革命論述」的偈語棒喝。

到了九〇年代，狂人退位，荒人現身。細細讀來，寫日記的狂人與寫手記的荒人，竟有不可思議的對應性。同樣陷身孤絕無望的寫作情境，狂人寫出了感時憂國的呼聲，荒人卻要傳達禁色之愛的呻吟；同樣寫社會的僞善與不義，狂人排出了禮教吃人的血腥意象，荒人卻注定獨自啃噬同志們因愛而死的苦果。魯迅和他的狂人到底是有厚生之德的；大人不必救了，救救孩子吧。在朱天文的荒人世界裡，孩子哪裡還用得著救？他們是「尤物」——「尤物不仁，以逐色者爲芻狗。」⑧荒人被費多小兒迷得色授魂與，人家卻是清涼透明，此心長在電玩遊戲。色即是空：歡迎來到電子幻象時代。

我無意誇張《荒人手記》所營造的後現代語境。事實上，朱天文對文字的耽美、對人事的感傷，在在顯出她的「現代」或前「現代」轇轕⑨。但語言流轉、千變萬化，作者不必被學院裡的幾個術語套住。我所要強調的是，相對於正統的、中國的文學大敘述，《荒人手記》於此時此地出現，有其獨特意義。不像海峽兩岸許多胸懷大志的作品，這本小說既不解構國家神話，也不後設歷史迷思。在自戀兼自嘲的敘述演出中，朱天文摩娑文字與欲望間的生剋關係。她的荒人在鑽營同志情欲的過程中，已以最不可能的形式，又一次質詰了魯迅狂人當年的國家欲望。從革命同志的情寫到愛人同志的情，現代中國文學走了一大圈，志氣變小了，但也更好看了。

二

話說從頭。朱天文的創作歷程起步於高中時代⑩，到了七〇年代末期，她儼然已是人人期待的文學新秀。今天看來，朱彼時最大的成就，也許是她深入參與的三三集刊。這個文學雅聚號召了一群蓄勢待發的才子才女，他（她）們「正當少年，天地也要驕縱三分」⑪。春花秋月固然是他（她）們的本色當行，但值得注意的是，他們有本事把炎黃歷史、神州血淚也一古腦的貫串起來。大時代與小兒女相互雜糅，所形成的文字嫵媚鄭重，並兼有之，不得不令人刮目——或是側目——相看。

影響三三風格的主要人物，當然是胡蘭成。胡與張愛玲曾有一段抗戰姻緣。戰爭末期，胡以漢奸嫌疑，四處逃亡，也四處留情，張胡婚姻終以離異收場。一九七四年，六十八歲的胡蘭成應文化大學之聘來台任教；他的兩本重要作品，《山河歲月》與《今生今世》，也分別在台重新出版。三三諸子與胡「爺爺」結緣，當在此時。胡後因抗戰通敵的舊帳，被文壇學界砲轟下台，但他對三三的影響，未嘗或已。他的多數作品日後亦由朱天文總其成，分別刊行流傳。

胡蘭成最有名的兩部作品：《今生今世》與《山河歲月》，一鋪展自己半生周折，一演義中華民族史的三千年動盪，都饒富歷史意義。《今生今世》中〈民國女子〉一章，尤其是我們一睹張胡公案始末的重要文獻，但胡蘭成的爭議性，也可自此二作窺出一斑。他的《今生今世》，知之者可謂之懺情傷逝的傑作，謗之者則要比爲塗脂抹粉的假面告白。《山河歲月》以桃花源式的恬美視景，重爲華夏歷史造境，則在當年就引來（如余光中的）撻伐。平心而論，胡的文采甜膩嫵媚，所思所見，確有別於「感時憂國」的文學正統。他的抒情史觀，其實上溯周作人、廢名、沈從文的一脈傳統，不應小覷⑫。然而或許是他太天真，或許是他太虛僞，胡終要爲他的言行，付出代價。「三三」少年對他的崇敬，反可能是他一生意外的反高潮。

張愛玲與胡蘭成的情緣雖只曇花一現，但張卻成為胡創作的重要繆思。由於家學淵源，朱天文早已熟讀張愛玲。受了胡的點撥，則更又增添了一番明豔流轉的「正氣」。看朱的《淡江記》，不妨想像張、胡二者的聲音，如何藉年輕作家文字爭取發言權。除了胡於序中御筆勾出的張腔佳句：「這時候的太陽，芒花和塵埃，有著楚辭裡南天之下的洪荒草昧……」（〈星期六的下午〉）⑬，我們在〈假鳳虛凰〉、〈如夢令〉等篇中，也可見證張愛玲「蒼涼」美學的影響。另一方面，朱天文的胡腔，也是可圈可點。她是「青天白日滿地紅下的女孩」，飽飲「日月山川風露」，但待桃花再開，要重來召喚「中華民族的精魄」。於是，為了爺爺、國父與張愛玲，她要「大大的立下志氣，把世上一切不平掃蕩」，「單為了張愛玲喜歡上海天光裡的電車叮鈴鈴的開過去，我也要繼承國父未完成的革命志願，打出中國的新的江山來。」（〈仙緣如花〉）⑭

我這裡引用朱天文當年的「警句」，除了莞爾，再無嘲弄之意。這幾年統獨兩版文學史的鬥爭日益急切，「三三」迭受中土的左派與本土的左派夾擊，算是利空出盡。新的奇觀應是看著自謂當年被徹底洗腦的評家作者，如何服了一劑見效的「腦新」，就聰明起來。他（她）們抱著起義來歸的心情，控訴國共暴政，姿態好不撩人。文學表達政治立場，原來不是新鮮事。但在忙著劃清界線之餘，我們更要問文學「如何」表達政治立場。

看朱天文那樣寫她的反共心事，堪稱一絕。「我生天地之間，竟是專為了反共來的」，看罷張愛玲的《赤地之戀》，她如是寫著（〈無題〉）⑮。這話要是反共老手寫來，也許覺著肉麻，但在朱天文筆下，卻有了渾然欲滴的姿態，再誇張也透著幾分純真。在〈我夢海棠〉的結尾，朱嘆道：「『曾經滄海難為水，除卻巫山不是雲』，我只是向中華民族的江山華年私語，他才是我千古懷想不盡的戀人。」⑯「愛」國可以愛到這樣的風流纏綿，朱天文可謂盡得胡蘭成式風格的三昧。

然而胡蘭成老於世故，朱天文哪裡比得上？胡的文字再輕巧周折，總嫌矯情造作。朱天文的張致姿態，則不時洩漏小兒女式的痕跡。胡為《淡江記》寫序，把張愛玲、朱天文相提並論，奉為正義女神，並謂朱的「革命背景是有著沒有名目的大志」⑰。胡心目中的大志，大概是桃花明月，詩禮江山吧。謝天謝地，朱的革命大志，來得急去得快。幾年以後，她就要以嚮往漢唐盛世同樣虔誠的態度，詠歎末世，賞讚頹廢。她儼然把胡蘭成「沒有名目的大志」，化為張愛玲式「認眞而未有名目的鬥爭」了。値得注意的是，朱因為過分一本正經而顯現的天眞，未嘗稍減，也因此與祖師爺爺或奶奶極有不同。虧得這一脈天眞，她終於走出自己的路來。

三

〈伊甸不在〉成於一九八二年，顯示朱天文風格改變的初兆。這篇小說描寫不快樂的眷村女孩甄素蘭因緣際會，成了影視紅星，未幾又陷入情網，與使君有婦的導播糾纏一塊。家庭與感情的危機終於使甄在當紅時刻，一死了之。這是個俗氣的愛情故事；寫眷村生活的部分也呼應彼時數位作家（如蘇偉貞、袁瓊瓊等）的興趣傾向。但〈伊甸不在〉有其獨特意義。幾年前那個一心一意要向中華民族「私語」的作者，現在要告訴我們「伊甸」不在了。胡蘭成那豔異倜儻的烏托邦漸漸遠去，紅塵金粉就要撲向朱天文的世界。而照映她家庭濃厚的宗教背景，小說的題目尤有弦外之音：「伊甸」不在，是朱「墮落」的開始？

袁瓊瓊以作家的眼光，指出此作寫人寫事，犀利明快，有種朱天文前所未見的豁達⑱。我卻要說，朱要把人生戲劇化的衝動，仍不稍減。小說本身講的，不就是個攝影棚裡作戲的故事？只是當鏡頭裡的戲演到鏡頭外，好戲才正要開始。八一年正是朱涉入影視編劇圈的開始，所見所聞，想必為她帶來新的衝擊。但眞正影響她的，應不是那些猛灑狗血的戲劇橋段。恰恰相反，朱觀察到了「入戲」及「出戲」間，一種跡近起乩的儀式性演練，神祕而莊重。故事或戲劇的演出可以俗不可耐，但其入其中、弄假成眞或弄眞成假的氣氛，必然使朱著迷不已。我更要進一步的說，是這種人生戲劇化的實驗，重新勾起而非否定了她以往煞有介事的三三經驗。「鄭重而輕微的騷動」呵，張愛玲的名言，要由朱天文身體力行。儘管朱與侯孝賢合作後的劇本越寫越淡，但戲劇的張力依然健在。此無他，朱本身創作的動機及方式，就是一往情深，「眞」——天眞或認眞——到架式十足。

〈伊甸不在〉對兩情繾綣，終難長久的喟歎，應是脫胎自張愛玲。但我們很難想像張愛玲的角色會鬧自殺上新聞。作了別人情婦的甄素蘭百難排遣苦衷，只有演出割腕。這是甄的困境，也是朱天文的困境。再過八年，大概是甄素蘭的遠房表妹吧，米亞要在〈世紀末的華麗〉中姍姍走來。米亞不是演員，而是模特兒。她不演「自己」，她演出衣服。連作有婦之夫的情婦，米亞也好像與角色疏離。當〈伊甸不在〉的甄素蘭默默含恨而去，世紀末的米亞正要開始她的造紙手工業第二春。這兩位情婦結局何其不同，朱天文對女性意識的反思，因此躍然紙上。

相對於〈伊甸不在〉那樣的頹靡感傷，朱天文此時也寫了不少較親切的小品。〈小畢的故事〉曾因搬上銀幕而廣搏好評，其實這篇幾近散文的小說，才更有看頭。依舊是眷村裡的哀樂人生，朱卻看出又一代子弟兀自生長茁壯的生命。小畢家庭的不幸是沒法浪漫的事實；饒是胡蘭成的神通再廣大，他的風格不允許他正視生命最庸俗懦弱的片段。這一點朱天文青出於藍；她以自然主義的筆法，刻劃這個家庭的宿命悲劇，卻能注入無限溫情。故事最後，她把小畢送入軍校，固然符合了人物與環境發展的出路，但也多少反映了稍早三三胡派傳統：天地何其廣闊，靈根可以自植。「革命事業」是烏托邦的重新開始。

但我對〈敘前塵〉尤有好評。這個短篇有個張愛玲式的題目（像是〈相見歡〉、〈多少恨〉等），但寫的是個張不可能想像的題材。一個大陸來台的窮軍官，與天眞爛漫的客家小姐一見鍾情。小姐不顧家庭阻攔，寅夜私逃，委身軍官，從此成其良緣。熟悉朱天文家庭背景的讀者，應可看出這正是朱西甯先生與劉慕沙女士的傳奇戀史。但離亂歲月，可啼可笑的故事太多了，〈敘前塵〉即使此中有人，與作者最親，還有什麼別的特色值得一記呢？我以爲是在這個故事中，朱終於把胡蘭成那套浪漫史觀，活學活用。〈敘前塵〉裡的軍官與小姐邂逅亂世，卻知情守禮，互託無限「貞觀」與「大信」，一派爛漫清明。胡蘭成的作品一向高來高去，朱天文卻自眼前家事，落實了乃師自己望而不能及的境界。與其說〈敘前塵〉重寫了胡的學說，不如說朱藉此作超離了胡的學說。類似的嘗試，後來在〈桃樹人家有事〉亦可得見，可惜該作冗長枝蔓，太有所爲而爲了。

八六年的〈炎夏之都〉又是一重要轉捩點。幾年的編劇生活，朱把得自映象畫面的心得，逐漸融入她的文字世界。故事裡的一群眷村子弟，在竹籬笆內的日子過完了，終要面對外面的天地。這是個鬱憤又疲憊的天地，一點「沒有名目」的怒火，隨時可以引爆燎原。故事中的幾個人物，浮沉在快速轉變中的南北都會裡，尋尋覓覓，卻一無所獲。前此的朱不是沒有寫過都市，但到這回，她算抓準了寫都市的調子，大事開展，痛快淋漓。由此，朱對繁華刹那起落的感歎，對肉身霎然銷毀的無奈，已隱然有了新的觀照。炎夏之都，暴虐無明，一樁逆倫的血案發生了。而牽涉其中的角色們，將各自由這痛苦的血祭，清理自己的心事。小說中最令人怵目驚心的，當然是那句「有身體好好」的呼喊。是什麼樣的身體，讓我們的角色如此依戀嚮往？但又是什麼樣的身體，是如此的不可知不可恃？在朱天文的下幾部作品中，從〈世紀末的華麗〉、到〈柴師父〉、到〈肉身菩薩〉，這一探討，未嘗或已。而朱逕自要從這身體的耽溺與驚懼，發展她的美學。這當然是一險著，但她終將在《荒人手記》裡，表白了她履險如夷的野心。從同性戀者自我消磨的歡娛中，從愛滋病患的死亡折磨中，朱要見證身體及欲望忍受試煉及誘惑的極限。而她顯然認爲身形（figure）的扭曲挫折，震顫極樂，唯有藉文字符號（figure）的排比，才有了「雖不滿意，但可接受」的救贖可能。

四

朱天文的《世紀末的華麗》堪稱是她個人創作路程的里程碑。這本小說集收有七個短篇，雖非絕無瑕疵，但篇篇觸及台北都會世紀末症候群的一端，頗見朱犀利的時代感。她眼中八〇年代末的台北是這樣的光怪陸離，卻又這樣的飄忽慵懶。那個反共抗俄殺朱拔毛莊敬自強處變不驚的年代，可眞是漸行漸遠了。新台北人一方面精刮犬儒得玲瓏剔透，一方面「如此無知覺簡直天眞無牙近乎恥」(〈紅玫瑰呼叫你〉)。在後現代的聲光色影裡，感官與幻想的經驗合而爲一，又不斷分裂爲似眞似夢的片段映象。落翅仔做著三千年不醒的尼羅河大夢，公司紅唇族絕望的與漫畫裡的王子談戀愛；老牌青年導師給著一場又一場「聖靈佈道會」也似的演講秀，玻璃圈的「菩薩」疲倦的繼續肉身佈施；氣功師顫顫幽幽的與女病人「推心置腹」，模特兒脫脫換換的淨耗青春。就在這些欲望與絕望的遊戲間，世紀末的幽靈迤然降臨。

詹宏志以〈一種老去的聲音〉爲題，爲《世紀末的華麗》作序，一語道盡了朱天文現階段的特色。俱往矣，朱天文寫作《傳說》和《小畢的故事》的日子。十載紅塵歷練，她的新作透露著世故與蒼涼。但正因仍不能（或不願！）勘破層層業障，她字裡行間才會如此模稜周折、千迴百轉吧。朱本人對人間世的迷戀與迷惑，何曾下於她的角色？不是對官能世界的誘惑有著由衷的好奇，寫不出像〈肉身菩薩〉與〈世紀末的華麗〉那樣的欲海浮世繪；不是對時間及回憶的虛惘有著切身的焦慮，寫不出像〈柴師父〉或〈恍如昨日〉那樣具有「驚夢」意境的道德劇。我刻意使用「道德」二字，似與朱念茲在茲的頹廢風格恰恰矛盾。但我以爲朱最好的作品掌握了這其間的二律悖反關係，乃能使她的世紀末視野，超越了顧影自憐的局限。

我也同意詹宏志所言，《世紀末的華麗》中最好的兩篇作品是〈柴師父〉與〈世紀末的華麗〉。〈柴師父〉明寫氣功師父柴明儀對年輕女病人的曖昧欲望，暗頌時移事往的無奈與悲愴。在推拿觸摸年輕無知的女體時，柴師父一次又一次的經驗著自我心靈的電擊。四十年來家國，三千里地山河，一腔血淚早成了一簾幽夢。台灣老婆台灣兒子台灣孫子，MTV牛肉秀附設練功看氣，蔣經國李登輝費玉清豬哥亮。柴師父的天地「神魔同昌共榮，人人任意而行」。但就在這最猥褻荒蕪的時分，柴師父見證生命最殘酷的剝復劫毀。「等待女孩像等待青春復活」，「等待女孩像等待有緣師徒」。柴師父卑瑣的欲望，豈正是靈肉交會，神魔一體!?

但〈世紀末的華麗〉才是朱天文更上層樓之作。這篇小說講年華已逝（二十五歲！）的模特兒米亞的情愛生涯，不事情節，專寫衣裳。朱天文對她原欲諷刺之世界的貪戀，至此和盤托出。她對服飾品牌、質料驚人的知識，重三疊四，排闥而來，成就如符讖偈語般的文字，逕自透露著祕教的玄妙與狎邪。米亞是個訂做的世紀末人物，一個金光璀璨、千變萬化卻又空無一物的衣架子。而朱的小說自身，未嘗不可作如是觀。米亞（或朱天文）對服裝與形式的極致講究，淘空了所謂的內容，而沒有內容的空虛，正是〈世紀末的華麗〉最終要敷衍的內容。米亞和老得可作爸爸的老段有著露水姻緣，但「他們過分耽美，（常）在漫長的賞嘆過程中耗盡精力，或被異象震懾得心神俱裂，往往竟無法做情人們該做的愛情事」。模特兒的戀愛，「是」一種姿態，一個張愛玲所謂的「美麗的、蒼涼的手勢」。朱天文寫世紀末羅曼史，其纖美矯情處，由此可見一斑。

然而〈世紀末的華麗〉不只是朱天文紙上服裝秀。這篇小說談衣服，卻有意無意的擊中時代的要害。它讓我想起張愛玲散文〈更衣記〉裡的一段話：「時裝的日新月異並不一定表現活潑的精神與新穎的思想。恰巧相反。它可以代表呆滯；由於其他活動範圍內的失敗，所有的創造力都流入衣服的區域裡去。在政治混亂期間，人們沒有能力改良他們的生活情形。他們只能夠創造他們貼身的環境——那就是衣服。我們各人住在各人的衣服裡。」朱天文盡得張派眞傳。她避談政治，卻在綾羅綢緞間，編織了一則頹靡的政治寓言。當她寫著MTV裡，一群台灣複製的瑪丹娜「跟街上吳淑珍代夫出征競選立委的宣傳單，跟柯拉蓉和平革命飛揚如旗海的黃絲帶」交相爭豔，或米亞戴著情人的蘇聯紅星錶，乘著霓虹廣告車，「火樹銀花馳過高架路，繞經東門府前大道中正紀念堂」瘋狂兜風，那久經壓抑的政治潛意識，至此呼之欲出。是反叛，還是墮落？是昇華，還是浮華？不可說，不可說。

除了〈柴師父〉與〈世紀末的華麗〉，〈恍如昨日〉與〈肉身菩薩〉，一寫知識份子的物化心靈，一寫雅痞同性戀的飄零欲望，各有可觀。但我對另一作〈帶我去吧，月光〉別有興趣。不管朱如何的張致造作，她多少賦予前四篇作品中的角色某種殘存憧憬。世紀末的沉淪雖是宿命，卻因角色的自覺而點出啓悟的可能——不論這啓悟是多麼的靈光一現。〈帶我去吧，月光〉卻有一種歇斯底里的絕望。嚴格說來這篇小說寫得不能算好；它太冗長，而人物卻仍未發展完全。小說以年輕的上班族佳瑋的傷心戀史爲佳，以佳瑋母親探親之旅、難償舊愛爲輔。佳瑋談戀愛的對象有三，平庸的李平，神龍見首不見尾的香港客戶，還有漫畫裡的JJ王子。小說最精采處是佳瑋周旋這「三個男人」間，似幻似眞的「移」情與「別」戀。這位小姐生猛的激情，眞是如此「天眞無牙近乎恥」。相對於她母親四十年舊情綿綿，孰輕孰重，反倒難下論斷。小說的高潮是母女各成傷心人，母親慵睡匝月，佳瑋則失去了記憶能力。朱天文以小兒女式的筆調起始，卻終於述說一個恩情不再，回憶蕩然的故事。漫畫裡的癡嗔愛恨和歷史上的生離死別原來是這樣接近，回憶與失憶、愛欲與妄想竟是如此不可思議的混淆。朱天文世紀末的想像，以此最爲「兒戲」，也最爲令人驚懼。

五

我們於是又回到了《荒人手記》。評者自詹宏志、劉大任、劉叔慧、郭箏到朱偉誠，對於這本小說的豐富面貌，都已有深刻的發揮。朱天文以女性作者身分，細寫男同性戀間的私密情事，尤其令不少讀者嘖嘖稱奇。沿著本文爲朱天文創作經驗戲擬譜系的方法，我們不妨再一次回顧她早年的背景。如前所述，朱天文當年要把一腔柔情注入建國復國大業中。這樣的姿態，旁人看了要捏把冷汗，她倒一本正經，而且顧盼自如。十幾年過去了。世紀末的朱天文重把一腔柔情注入同志的愛欲國度中；她要在所多瑪的廢墟上，重建她的（文字想像的）神聖殿堂。瀰漫小說中的情色欲望，其實是轉嫁了她當年的政治欲望。而兩者基本上都是美化了的詩學欲望。《荒人手記》的第六章講荒人與他的愛侶共遊梵第崗，兩人深愛無悔，乃在聖彼得教堂的彌撒聲中，盟誓互許終身。這一章何其褻瀆玩忽，又何其清堅決絕。《荒人手記》也許映照一個年華將去，日益世故蒼涼的作家，但是三三時代，那個一心一意要把驚險化爲驚豔的多情女子，身影依稀可辨。

胡蘭成寫〈民國女子〉，大事鋪張他與張愛玲的種種。他對眾家女人兼愛非攻，或許自有道理。但以知己之姿，來爲「民國世界的臨水照花人」塑像，他到底是愧對佳人。女性主義者就此，還可以大作文章。要強調的是，胡蘭成敷衍這段百世不遇的情緣，筆鋒盡處，如何啓發了朱天文。《荒人手記》講的當然是個極不同的故事，但故事中心處理的是個風雨如晦、伊人何處的古老題材。「死生契闊——與子成說；執子之手，與子偕老。」這是〈詩經・邶風〉裡的句子，寫戰爭裡男女相悅最素樸的欲望，而患得患失的無常感觸，油然自在其中。張愛玲與胡蘭成都愛引用這段詩；張〈傾城之戀〉的基調，即源於此。胡蘭成也意識到「死生契闊」的悲哀，卻有本事在生命深淵的邊上，施施然建築自己的桃花源。是他把張愛玲情史寫成了電光石火的啓悟。是他在戰火烽煙中，向張許下「歲月靜好，現世安穩」的承諾。千劫如花，再大的悲哀也都化作妮婀娜的耽美姿態。

胡把人間遊戲得如此「正經」，張小姐那裡卻終於失去了耐性，歉難奉陪。〈民國女子〉寫得再盪氣迴腸，佳人已去的遺憾，還是難以彌補的——於是有了更多的奇文妙句，更多的徒託「空言」。多少年後，朱天文有意無意的承續了胡的修辭與話鋒，寫出了個同性戀愛故事。荒人那柔腸百轉的愛欲，引得他在俗骨凡胎間輾轉墮落。他以他的肉身，見證六界種種愛欲劫毀；緣起緣滅，最後寄託色相於文字。這種自我消耗的耽美姿態，《今生今世》已可得見⑲。不同的是，胡蘭成老於此道，他是以看風景的方式寫他的豔遇情史。朱天文和她的荒人代言人也夠世故了，但到底不能掙破我執。小說首章荒人那麼鄭重的宣佈棄絕塵世，其實反露出不忍與不捨的底線。難怪他（與作者）蒼涼頹廢的宣言，因此猶存一絲天眞的自戀與莊重。

胡蘭成出入文字障間，不黏不滯，也許眞是參透一切；但有心讀者也不免懷疑他滑溜溜的文字戲法，才是他不空不寂的託詞。相形之下，朱天文努力誇耀世紀末光華，舉「輕」若「重」，雕琢處處，反顯得可親可愛一些。作爲一個無可救藥的文字拜物教信徒，朱至少目前找到她可切之磋之的對象。鏡花水月，她哪裡看破。千言萬言都還等著她繼續搬弄排比呢。當年那胸懷「沒有名目的志氣」的作家，仍在好生琢磨她的才華，繼續爲我們創造文字奇蹟。

註釋：

① 對於朱天文在「性別政治」方面所持的立場，已有不少批評者論及。儘管她的題材碰觸同性戀世界，朱天文的《荒人手記》不能列爲激進的同志小說，見朱偉誠〈受困主流的同志荒人——朱天文《荒人手記》的同志閱讀〉，《中外文學》二十四卷二期，頁一四一——一五二；劉亮雅〈朱天文近期作品中的國族、性別、情欲

問題〉，《中外文學》二十四卷一期，頁七—二〇。

② 胡蘭成對朱天文的影響，見黃錦樹〈神姬之舞：後四十回？（後）現代啓示錄？——論朱天文〉，《黃金盟誓之書》（台北：印刻，二〇〇八）附錄。

③ 劉大任〈逃不出的荒原——我讀《荒人手記》〉，《中國時報・人間副刊》，一九九四年十二月十一日。

④ 張愛玲〈童言無忌〉，《流言》（台北：皇冠，一九八八），頁二〇。

⑤ 胡蘭成作品在其逝後由朱天文重新集結出版，包括《山河歲月》、《今生今世》、《中國的禮樂風景》、《禪是一枝花》等共九種，皆由遠流出版公司出版。

⑥ 黃錦樹在其朱天文專論裡，強調朱自胡蘭成「文學即修行」的修行觀，意謂藉文字創作而增益超越主體，並揚棄世俗劫毀的生命觀。我同意黃的說法，但仍以爲自張、胡以迄朱天文，皆不脫一貫耽美精神，其極致處，可以以假亂眞，以華靡的文字及生活方式信念「發明」來雕塑人生。而於此朱天文自最早期作品以迄《荒人手記》，皆不離一種小兒女的「認眞」心態。

⑦ 朱天文〈奢靡的實踐〉，《荒人手記》（台北：時報，一九九四）。

⑧ 朱天文《荒人手記》，頁一〇一。

⑨ 見劉亮雅的討論。

⑩ 見袁瓊瓊〈《最想念的季節》序——天文種種〉，收於朱天文《炎夏之都》（台北：印刻，二〇〇八），頁七。

⑪ 朱天文《淡江記》（台北：印刻，二〇〇八），頁六四。

⑫ 胡蘭成的「理論」根基，至少包括了《易經》生剋之道，禪宗的感悟說，《詩經》溫柔敦厚的美學，以及日

本女性中心美學。見黃錦樹論文。

⑬ 朱天文《淡江記》，頁五九。

⑭ 同上，頁一三四。

⑮ 同上，頁一〇八。

⑯ 同上，頁一四四。

⑰ 胡蘭成〈照眼的好〉，《淡江記》，頁一五。

⑱ 袁瓊瓊《最想念的季節》序——〈天文種種〉，頁一〇。

⑲ 關於朱天文承自胡蘭成的耽美詩學，見黃錦樹論文。

朱天文作品出版年表

喬太守新記	小說集	1977	皇冠	
淡江記	散文集	1979	三三書坊	（1989 遠流）
傳說	小說集	1981	三三書坊	
小畢的故事	散文集	1983	三三書坊	（1989 遠流）
最想念的季節	小說集	1984	三三書坊	（1989 遠流）
三姊妹	散文合集	1985	皇冠	
炎夏之都	小說集	1987	時報・三三	（1989 遠流）（2001 上海文藝）
戀戀風塵	電影劇本	1987	三三書坊	（1989 遠流）
悲情城市	電影劇本	1989	遠流	（2001 上海文藝）
世紀末的華麗	小說集	1990	遠流	（1993 香港遠流）（1999 四川文藝）
朱天文電影小說集		1991	遠流	
下午茶話題	雜文合集	1992	麥田	
安安の夏休み	日譯小說集	1992	筑摩書房	
戲夢人生	電影劇本	1993	麥田	
荒人手記	長篇小說	1994	時報	
好男好女	電影劇本	1995	麥田	
花憶前身	小說集	1996	麥田	
世紀末の華やぎ	日譯小說集	1997	紀伊國屋書店	
極上之夢	《海上花》電影全紀錄	1998	遠流	

Notes of a Desolate Man（英譯《荒人手記》）1999 Columbia University Press New York

千禧曼波	電影劇本	2001	麥田
花憶前身	散文集	2001	上海文藝

Anthologie de la Famille Chu（法譯《朱家選集》）2004 Christian Bourgois

畫眉記	小說集	2005	廣州花城
最好的時光	電影作品集	2006	山東畫報
荒人手記	日譯本	2006	國書刊行會
巫言	長篇小說	2008	印刻
劇照會說話	圖文集	2008	印刻
朱天文作品集		2008	印刻

朱天文作品集 4

世紀末的華麗

INK PUBLISHING

作　　者　朱天文
總 編 輯　初安民
責任編輯　丁名慶
特約編輯　趙啟麟
美術編輯　吳苹苹　陳文德
校　　對　朱天文　趙啟麟　丁名慶

發 行 人　張書銘
出　　版　INK 印刻文學生活雜誌出版有限公司
新北市中和區建一路 249 號 8 樓
電話：02-22281626
傳眞：02-22281598
e-mail : ink.book@msa.hinet.net
網　　址　舒讀網 http://www.sudu.cc

法律顧問　巨鼎博達法律事務所
施竣中律師
總 代 理　成陽出版股份有限公司
電話：03-3589000（代表號）
傳眞：03-3556521
郵政劃撥　19000691　成陽出版股份有限公司
印　　刷　海王印刷事業股份有限公司

港澳總經銷　泛華發行代理有限公司
地　　址　香港新界將軍澳工業邨駿昌街 7 號 2 樓
電　　話　852-27982220
傳　　眞　852-27965471
網　　址　www.gccd.com.hk

出版日期　2008年 2 月　初版
2016年 1 月 25 日 初版四刷
ISBN　978-986-6873-59-1
定價　240元

國家圖書館出版品預行編目資料

世紀末的華麗／朱天文著 .-- 初版 .
-- 新北市中和區：INK 印刻，2008.02〔民 97〕
面；　公分 .--（朱天文作品集；4）
ISBN 978-986-6873-59-1（平裝）

857.63　　96025529